AF553309

अमर
बाल कहानियाँ

अमर बाल कहानियाँ

श्रीरामवृक्ष बेनीपुरी

विद्या विहार, नई दिल्ली

प्रकाशक : विद्या विहार,
19, संत विहार (पहली मंजिल) गली नं. 2, अंसारी रोड, नई दिल्ली–110002
 / संस्करण : 2024 / मूल्य : चार सौ रुपए
मुद्रक : नरुला प्रिंटर्स, दिल्ली ISBN 978-93-80186-98-6

AMAR BAL KAHANIYAN

by Shriramvriksha Benipuri ₹ 400.00

Published by **VIDYA VIHAR**, 19, Sant Vihar (First Floor),
Street No.2, Ansari Road, New Delhi-2

अपनी तीसरी पीढ़ी

दामिनी, ध्रुव, मिहिर

तारा और ईशान

के लिए

—जितेंद्र बेनीपुरी

अपनी बात

पूज्य बाबूजी श्रीरामवृक्ष बेनीपुरी के बाल-साहित्य के दो खंड पूर्व में प्रभात प्रकाशन, नई दिल्ली ने प्रकाशित किए थे। बाबूजी के बचे बाल साहित्य को अब आपके सामने लाने से उनका संपूर्ण बाल साहित्य उपलब्ध हो गया है, यह मेरे लिए बहुत प्रसन्नता की बात है।

इस संकलन में उन पुस्तकों को सम्मिलित किया गया है जिन्हें पुस्तकों के बँटवारे के समय बाबूजी ने मँझले भैया श्री जितेंद्र कुमार बेनीपुरी को दिया था। बड़े भैया स्वर्गीय देवेंद्र कुमार बेनीपुरी तथा मेरे हिस्से की पुस्तकें भाग-1 एवं भाग-2 में सम्मिलित हो चुकी हैं। इसके प्रकाशन का श्रेय मेरी भाभी श्रीमती ऊषारानी बेनीपुरी को है, जिनकी व्यक्तिगत अभिरुचि के कारण ही यह शृंखला पूरी हो पाई है। मेरे भतीजों अनिल बेनीपुरी तथा सुनील बेनीपुरी का यह प्रयास प्रशंसनीय है, इसलिए उन्हें भी बहुत-बहुत बधाई और आशीष।

इस संकलन में सम्मिलित पुस्तकें हैं—अमर कथाएँ—मनु से गांधी तक (प्रथम प्रकाशित—1948-50), पृथ्वी पर विजय (प्रथम प्रकाशित—1948-50), प्रकृति पर विजय (प्रथम प्रकाशित—1948-50) बेटे हों तो ऐसे (प्रथम प्रकाशित—1948-50)।

अमर कथाएँ (मनु से गांधी तक) में हमारे पुरखे—हमारे पड़ोसी पुस्तक के 'हमारे पुरखे' में सम्मिलित भारत की महान् विभूतियों का संक्षिप्त परिचय दिया गया है। यह 1948-50 की पुस्तक है। 'पृथ्वी पर विजय' तथा 'प्रकृति पर विजय' पुस्तकें भी इसी समय छपी थीं। पृथ्वी पर विजय में साहसिक अभियानों का वर्णन है तथा प्रकृति पर विजय में विश्व के महान् आविष्कारक और उनके आविष्कारों का वर्णन है। 'प्रकृति पर विजय' बाबूजी की पहले ही छपी पुस्तिकाओं 'आविष्कार और आविष्कारक' का नया नाम है। यह शृंखला सबसे पहले 1927-28 में पुस्तक भंडार से छपी। बाद में 1950 में नए नाम से छपी थी। 'बेटे हों तो ऐसे' 1950 की पुस्तक है और 'बेटियाँ हों तो

ऐसी' के साथ अलग-अलग जिल्दों में छपी थीं। इन पुस्तकों को भारत-सरकार की ओर से पुरस्कृत भी किया गया था।

यह संकलन बेनीपुरी चेतना समिति न्यास के प्रोत्साहन और प्रेरणा से प्रकाशित हो रहा है—उनके प्रति भी आभार प्रकट करता हूँ।

—महेंद्र बेनीपुरी

अनुक्रमणिका

पृथ्वी पर विजय

बेटे हों तो ऐसे

अमर कथाएँ

(मनु से गांधी तक)

हमारे पुरखे

चील-झपट्टा

महाभारत के बाद भारत में कोई बड़ा राज्य नहीं बन पाया था। सारा देश छोटे-छोटे टुकड़ों में बँटा था। कहीं-कहीं छोटे-छोटे राजा राज्य करते, कहीं-कहीं प्रजातांत्रिक राज्य थे।

इसी समय ग्रीस देश में एक नौजवान ने सिर उठाया। बड़ा साहसी, बड़ा लड़ाकू। मसें भी अच्छी तरह नहीं भीगी थीं कि वह पहाड़ी चील की तरह देश-देश पर झपट्टे मारने और उन्हें अपने चंगुल में करने लगा।

मिस्र को जीता, अरब को जीता, फारस पर दखल जमाया। आगे बढ़ना चाहता था, लेकिन उसकी फौज रुक गई। सिंध को फतह करता वह फिर अपने देश को लौट चला।

यह सिकंदर के नाम से इतिहास में मशहूर है। सिकंदर के मरने के बाद उसका सेना-नायक सेल्यूकस उसके जीते हुए भारत के भागों पर राज्य करने लगा।

भारत पर विदेशी राज्य? लेकिन इन छोटे-छोटे राज्यों में दम कहाँ था कि उस कलंक को दूर करते।

ठीक उसी समय पाटलिपुत्र में एक नौजवान था—जिसके हृदय में साहस हिलोरें लेता, जिसकी नसों में कुछ करने की बेचैनी दौड़ा करती।

लेकिन वह करे क्या? पाटलिपुत्र की गद्दी पर नंद नामक एक विलासी राजा बैठा था, जो दिन-रात मौज में डूबा रहता। नंद इस नौजवान की जान का भी ग्राहक बना था। एक विलासी राजा एक कर्मठ नौजवान को फूटी आँखों से भी देख सकता है?

इस नौजवान का नाम चंद्रगुप्त था। चंद्रगुप्त एक दिन पाटलिपुत्र के बाहर चिंता में मग्न घूम रहा था कि देखा, एक आदमी कुश के पौधे को उखाड़कर उसकी जड़ों में मट्ठा दे रहा है।

"यह क्या कर रहे हैं आप?"

"यह कुश मेरे पैर में गड़ गया था—मैं इसे जड़मूल से खत्म कर देता हूँ। मट्ठा देने से इसके अंकुर आ नहीं सकते।"

बस, इसी आदमी से मेरा काम चलेगा। चंद्रगुप्त ने सोचा और उसे नंद से भिड़ा दिया। नंद द्वारा अपमानित किए जाने पर उसने प्रतिज्ञा की—"मैं अपनी शिखा नहीं बाँधूँगा, जब तक नंद को वंश-सहित सत्यानाश में मिला न दूँगा।"

वह चाणक्य था। अब चंद्रगुप्त और चाणक्य में गठबंधन हुआ। कहा जाता है, जिस समय सिकंदर पंजाब में था, चंद्रगुप्त उससे मिला था और उसकी फौज में संगठन और लड़ाई के तरीके की उसने अच्छी तरह देखभाल की थी।

चंद्रगुप्त और चाणक्य ने पंजाब से ही संगठन शुरू किया। वहाँ संगठन पूरा होने और सफलता प्राप्त होने पर वह पाटलिपुत्र पर आ धमका। नंद क्या खाकर चंद्रगुप्त का मुकाबला करता? हाँ, उसका मंत्री बड़ा चतुर था, किंतु चाणक्य ने अपनी नीति-चातुरी से उसे अपने में मिला लिया। पाटलिपुत्र की गद्दी पर चंद्रगुप्त बैठा, नंद वंश के नाम पर कोई आँसू गिरानेवाला भी न रहा।

पाटलिपुत्र की गद्दी पर बैठकर चंद्रगुप्त निश्‍चित नहीं हुए। उन्होंने बहुत बड़ी सेना इकट्ठी की और पंजाब की ओर चील-झपट्टे की चाल से ही चल पड़े।

जब सेल्यूकस को मालूम हुआ कि चंद्रगुप्त लड़ने के लिए आ रहा है, उसने भी बड़ी सेना इकट्ठी की। सिंधु नदी के तट पर घनघोर लड़ाई हुई। इस बार ग्रीक सैनिकों और सेनापतियों ने हिंदुस्तान की तलवार के पानी का अंदाजा पाया। सेल्यूकस ने हार मान ली। अपनी बेटी का ब्याह चंद्रगुप्त से कर दिया और अपने राजदूत मेगास्थनीज को चंद्रगुप्त के दरबार में रख, आप भारत की सीमा छोड़कर चला गया।

मेगास्थनीज के वर्णनों से मालूम होता है कि चंद्रगुप्त ने कितना बड़ा, कैसा मजबूत और किस प्रकार का भरा-पूरा राज्य कायम किया था। चंद्रगुप्त ने पाटलिपुत्र से पंजाब तक एक राजपथ बनवा दिया था। उसने बड़ी-बड़ी नहरें खुदवाई थीं, बड़े-बड़े बाँध बनवाए थे। उसके राज में डाक का प्रबंध था, अस्पताल का भी प्रबंध था। उसका शासन ऐसा पक्का था कि कहीं चोरी का नाम तक नहीं था। प्रजा सभी तरह सुखी और संपन्न थी।

महाभारत के बाद सबसे बड़ा राज्य चंद्रगुप्त ने ही कायम किया। पाटलिपुत्र को उसने ऐसा महत्त्व दिया कि लगभग एक हजार वर्ष तक सारे भारत का सूत्र पाटलिपुत्र के हाथों में रहा।

□

देवनाम् प्रियः

एक राजा—जो सब राजाओं से निराला, संसार में निराला, इतिहास में निराला। सोने के सिंहासन पर बैठकर भी जो साधुओं सा जीवन बिताता था। हमारा राज्य कैसे फैले, इसकी चिंता न कर जो हमेशा सोचता था, संसार में धर्म कैसे फैले? प्रजा से कर कितना वसूल हो, इसपर जिसका ध्यान नहीं था, बल्कि जो हमेशा कोशिश करता था कि प्रजा किस तरह सुखी और सदाचारी बने। जिसने अपनी बेटी और बेटे को भी धर्म के लिए न्योछावर कर दिया था।

इतिहास इस राजा को अशोक के नाम से हमारे सामने रखता है। अशोक चंद्रगुप्त के पोते थे।

कहा जाता है, शुरू में अशोक बड़े ही कठोर स्वभाव के थे। उन्होंने अपने सौ भाइयों की हत्याएँ कराई थीं और छोटे-छोटे राज्यों को बेरहमी से कुचल डाला था।

विजय की इस दिन-दिन बढ़नेवाली इच्छा से ही उन्होंने कलिंग पर चढ़ाई की। कलिंगवालों ने इनका मुकाबला किया। नतीजा यह हुआ कि उस युद्ध में लाखों आदमी मारे गए। विजय होने पर अशोक ने देखा कि चारों ओर लहू की नदियाँ बह रही हैं और घायलों की चीख-पुकार से आसमान कराह रहा है।

इस युद्ध ने अशोक की आँखें खोल दीं। उन्होंने प्रतिज्ञा की कि आज से युद्ध नहीं करूँगा। धर्म की विजय ही सबसे बड़ी विजय है। अब बाकी जिंदगी इसी काम में बिताऊँगा।

अशोक ने बौद्ध धर्म स्वीकार किया और इस धर्म के प्रचार में उन्होंने वह कर दिखाया जिसकी कल्पना भी नहीं की जा सकती थी।

अशोक का राज्य हिमालय से लेकर गोदावरी नदी तक और ब्रह्मपुत्र से सिंधु तट तक फैला हुआ था। इस विशाल राज्य में उन्होंने बौद्ध धर्म की शिक्षा का व्यापक प्रबंध किया।

बुद्ध के जीवन से संबंध रखनेवाले स्थानों पर उन्होंने स्मारक खड़े किए। सारनाथ

में धर्मचक्र-प्रवर्तन का जो स्मारक बनवाया; उसी के चक्र का चिह्न अब हमारे राष्ट्रीय झंडे पर रखा गया है।

1. भोजन या यज्ञ के लिए किसी जीव की हिंसा नहीं होनी चाहिए।
2. माता-पिता की आज्ञा माननी चाहिए एवं उनकी सेवा में लगा रहना चाहिए।
3. भाइयों, पड़ोसियों और कुटुंबियों के साथ अच्छा व्यवहार करना चाहिए।
4. विद्वान् और साधुओं का सत्कार करना चाहिए।
5. गरीबों और नौकरों के साथ कभी बुरा सलूक नहीं होना चाहिए।
6. दूसरे धर्म के माननेवालों की निंदा कभी नहीं करनी चाहिए।
7. सदा काम, शुद्ध भाव, उपकार की याद और दृढ़ भक्ति—इन्हें कभी नहीं भूलो।

अशोक ने पत्थर के लाटों पर ऐसे ही अच्छे-अच्छे उपदेश खुदवाकर जगह-जगह उन्हें खड़ा कर दिया। लोग इन उपदेशों पर चलें, इसके लिए खास कर्मचारी नियुक्त किए।

अपने राज्य में तो धर्म का प्रचार किया ही, अशोक ने विदेशों में भी धर्मप्रचारक भेजे। पश्चिम के मिस्र, ग्रीस, सीरिया, फारस आदि देशों से पूरब में बर्मा, मलाया, स्वर्णदीप तक और दक्षिण में सिंहल से उत्तर में हिमालय के उस ओर तक अशोक के धर्मदूत पहुँचे थे।

धर्म के प्रचार के लिए अपनी बेटी और बेटे को भी दूर देशों तक भेजने में अशोक ने आनाकानी नहीं की। अपने बेटे महेंद्र और अपनी बेटी संघमित्रा को उन्होंने सिंहल भेजा था।

अपनी लाडली बेटी संघमित्रा को गंगा होकर समुद्र के रास्ते सिंहल भेजा था। संघमित्रा की नाव जब गंगा में जाने को तैयार खड़ी थी, अशोक स्वयं छाती पर पानी तक गए और उसके हाथों बोधि-वृक्ष की एक डाल सिंहल में रोपने के लिए भेजी।

संघमित्रा और महेंद्र के चलते सारा सिंहल बौद्ध धर्म में दीक्षित हुआ। बोधि-वृक्ष की वह डाल एक विशाल वृक्ष के रूप में आज भी वहाँ कायम है।

लाटों में हर जगह अशोक के लिए—'देवानाम् प्रिय:—प्रियदर्शी अशोक' ऐसा लिखा गया है। ऐसा राजा देवताओं का प्रिय नहीं, तो कौन हो?

□

विक्रम का सिंहासन

ज्यों-ज्यों भारत में धन-धान्य बढ़ता गया, त्यों-त्यों विदेशियों की ललचाई आँखें इसकी ओर दौड़ने लगीं।

ग्रीकों की आफत दूर हुई, तो कुछ दिनों के बाद मध्य एशिया की दो जातियों ने भारत पर धावे-पर-धावे करना शुरू किया। वे हूण और शक के नाम से मशहूर हैं। वे बड़े खूँखार, बड़े भयानक थे। लोगों को लूटते, कत्ल करते, गाँवों को, शहरों को जलाकर खाक बना देते। खून की होली खेलने में उन्हें मजा आता।

उनकी इस नई आफत से जिन्होंने भारत को बचाया, उन्हें भारत की जनता ने विक्रमादित्य की उपाधि दी। विक्रमादित्य—जिसका प्रताप सूरज की तरह चमके। पीछे कई प्रतापी राजाओं ने अपने नाम के साथ इस उपाधि को जोड़ा। पंद्रह विक्रमादित्यों की चर्चा हमारे इतिहास में है।

किंतु उनमें दो प्रसिद्ध हैं—एक मालवा के विक्रम जो कहानियों के राजा भरथरी के भाई थे, और दूसरे पाटलिपुत्र के चंद्रगुप्त द्वितीय।

भरथरी जब संन्यासी हो गए, विक्रम उनकी जगह उज्जयिनी की गद्दी पर बैठे। उन्हीं का चलाया हुआ विक्रम संवत है। विक्रम ने भारत के उत्तर-पश्चिम कोने से आते हुए विदेशियों के धावों को ही, उन्हें बहुत दूर तक खदेड़ भी दिया। पंचानबे शक-सेनापतियों को उन्होंने तलवार के घाट उतारा था।

विक्रम बड़े योद्धा ही नहीं थे, बड़े न्यायी, बड़े उदार और बड़े गुणज्ञ भी थे।

विक्रम का सिंहासन, न्याय का सिंहासन समझा जाता था। उनके न्याय की कहानियाँ आज भी लोगों की जिह्वाओं पर हैं।

विक्रमादित्य ने अपने दरबार में नौ बड़े-बड़े विद्वानों को एकत्र कर रखा था, जो नव-रत्न कहलाते थे। उन नवरत्नों में कालिदास का स्थान सबसे ऊँचा था।

भारत का नाम संसार के इतिहास में जिन लोगों के चलते आदर का स्थान पाएगा, उनमें कालिदास भी हैं। कालिदास की कविता पर मुग्ध होकर विक्रमादित्य ने अपना आधा

राज्य उन्हें दे दिया था, ऐसा कहा जाता है। कालिदास की कविता पर कितने ही राज्य न्योछावर किए जा सकते हैं।

कालिदास की 'शकुंतला' को पढ़कर जर्मनी का प्रसिद्ध कवि गेटे—'सुंदर', 'अति सुंदर' कहकर चिल्ला उठा था। कालिदास का मेघदूत कल्पना की उड़ान के आखिरी छोर पर जा पहुँचा है।

विक्रमादित्य की उपाधि पानेवाले यह चंद्रगुप्त ग्रीक-विजेता चंद्रगुप्त से चार-पाँच सौ साल बाद हुए। शकों का राज्य उस समय मालवा तक फैल गया था—'शकों को भगाकर ही मैं दम लूँगा'—इस प्रतिज्ञा के साथ चंद्रगुप्त शक-विजय के लिए पाटलिपुत्र से रवाना हुए।

कल्पना कीजिए व दृश्य!

पाटलिपुत्र से एक बड़ी सेना शकों को भारत से भगाने के लिए जा रही है। हाथी, घोड़े, रथ, पैदल—झुंड-के-झुंड, दल-के-दल। उनका नेतृत्व कर रहा है एक नौजवान! रथ पर बैठा—तीर-धनुष लिये।

सेना पश्चिम की ओर चलती है, फिर दक्षिण तरफ मुड़कर विंध्य को पार करती है। कितनी नदियाँ, कितनी घाटियाँ! अब मालवा की समतल भूमि—यहाँ एक-एक इंच के लिए खून की नदी बहाई जाती है।

और खून की उस बाढ़ में दुश्मन पीछे हटता जा रहा है। मालवा से गुजरात! अब सामने अरब समुद्र लहरा रहा है। सेना रुकती है—आराम के लिए नहीं, जहाजों और नावों के इंतजाम के लिए।

अरब समुद्र को चीरते हुए बेड़े बढ़ते हैं, सौराष्ट्र से भी दुश्मनों को हटने को मजबूर करते हैं। तब दुश्मन उत्तर की ओर भागता है।

सिंधु को पार किया गया, सीमा-पर्वतों की चोटियों को अब लाँघा जा रहा है।

पत्थर पर खून के धब्बे, बर्फ पर खून के धब्बे! और देखिए-दुश्मन अपने खून की आखिरी बूँद देकर हमारे देश से सदा के लिए जा रहा है।

फिर सारा देश 'चंद्रगुप्त विक्रमादित्य' की जय से क्यों न गूँज उठे?

चंद्रगुप्त ने शकों को इस तरह भगाया कि फिर हिंदुस्तान की ओर देखने की हिम्मत उनमें न हुई।

□

पुरुष से जीते : स्त्री से हारे!

भारत में बौद्ध धर्म का जन्म हुआ। संसार में आज भी बौद्ध धर्म माननेवालों की भरमार है। किंतु हिंदुस्तान में कहीं बौद्ध धर्म का नामोनिशान नहीं। यह गजब की बात कैसे हुई?

यह जादू किया एक ऐसे पुरुष ने, जो सिर्फ बत्तीस साल तक जीवित रहा। हाँ, बत्तीस साल पूरे भी नहीं हुए थे कि वह इस संसार से चल बसा।

न उसके पास कोई राज्य था, न सेना थी। सिर्फ अपनी विद्वत्ता के बल पर उसने ऐसी सफलता पा ली। वह कौन था?

वे थे शंकराचार्य। शंकर का जन्म दक्षिण के केरल प्रांत में हुआ था। बचपन से ही उनमें प्रतिभा फूटी पड़ती थी। पाँच साल की उम्र में उनका जनेऊ हुआ और आठ साल के होते-होते वे घर से निकल पड़े।

विद्वानों से मिलते, विद्याध्ययन करते वे हिमालय की तलहटी में पहुँचे। वहाँ बाजाप्ता संन्यास लिया और बहुत दिनों तक तपस्या की। ज्ञान की कमी थी नहीं, तपस्या ने सोने को कुंदन बना दिया। फिर क्या था, शंकर दिग्विजय करने को निकले।

उस समय भारत के कोने-कोने में जहाँ जो विद्वान् थे, शंकर उनके पास पहुँचते और उन्हें शास्त्रार्थ में परास्त कर अपने मत का अनुयायी बनाते। भारत में ऐसा कोई विद्वान् न बचा, जिसने शंकर से हार स्वीकार न की।

शंकर इतने दूरदर्शी थे कि इन्होंने भारत के चारों ओर पर चार मठ अपने अनुयायियों के लिए खोले। बदरिकाश्रम में, द्वारिका में पुरी में और श्रृंगगिरी में। इन चारों स्थानों पर आज तक शंकर के मठ कायम हैं, जिनके प्रधान आज भी शंकराचार्य ही कहलाते हैं।

उस समय न रेल थी, न सवारी का कोई तेज जरिया। तो भी किसी तरह बिजली की चाल से शंकराचार्य ने अपना यह धार्मिक दिग्विजय पूरा किया, यह देखकर दाँतों उँगली काटनी पड़ती है। यदि बीस साल की उम्र में दिग्विजय शुरू हुआ होगा, तो कुल बारह साल में ही शंकर का इतना बड़ा प्रभाव हो जाना—सचमुच अचरज की बात है।

शंकर की सफलता का रहस्य यह है कि उन्होंने भारतीय दर्शन को दुविधा के दलदल से निकाला और बौद्ध धर्म के सभी लोकप्रिय आचारों को लेकर फिर वैदिक धर्म की जड़ गहरे में जमा दी।

जिस समय शंकर दिग्विजय को निकले, कथा है, अपने जीवन में एक बार ही वे परास्त हुए और वह भी एक स्त्री से!

बिहार में मंडन मिश्र नामक एक प्रकांड पंडित थे। शंकर जब उनके गाँव में आए और पूछा कि मंडन पंडित का घर किधर है, तो एक पानी भरनेवाली ने जवाब दिया—

"जिस घर के सामने टँगे पिंजड़े में तोता-मैना इसपर बहस कर रहे हों कि संसार सत्य है या असत्य, समझना, मंडन मिश्र का घर वही है।"

वह घर मिला। मंडन मिश्र ने शंकर की चुनौती स्वीकार की। लेकिन हार-जीत का फैसला कौन करेगा?

मंडन मिश्र की पत्नी भारती बड़ी ही पंडिता थी। शंकर ने उसे ही पंच मान लिया। शास्त्रार्थ शुरू हुआ। अंत में मंडन मिश्र के पैर डगमगाए। लेकिन भारती ने कहा—"अभी तो आपने आधे अंग पर विजय पाई है—मुझसे शास्त्रार्थ कीजिए, जब मैं हार मानूँगी, तब हमारी हार होगी।"

भारती और शंकर में कितने दिनों तक शास्त्रार्थ होता रहा। अंत में भारती ने कुछ ऐसे प्रश्न किए जिनका उत्तर शंकर नहीं दे सके, क्योंकि बचपन से ही वे ब्रह्मचारी थे। शंकर ने कहा—"अभी शास्त्रार्थ बंद रहे; वह ज्ञान प्राप्त कर मैं फिर आऊँगा।"

अंत में भारती ने शंकर से हार मानी, लेकिन बिहार पंडिता की याद बिहार की बेटियों के लिए क्या कम उत्साह देनेवाली है?

□

भारत का द्वारपाल

जयचंद मन-ही-मन अपने मौसेरे भाई पृथ्वीराज से जलता था। इसलिए जब उसने अपनी बेटी संयुक्ता का स्वयंवर किया तो पृथ्वीराज को बुलाया ही नहीं। हाँ, उनकी एक मूर्ति बनवाकर द्वारपाल की जगह उसे खड़ा करा दिया।

कहते हैं, संयुक्ता पृथ्वीराज से ही विवाह करना चाहती थी। उसने जयमाला उस मूर्ति के गले में ही डाल दी।

संयुक्ता के इस प्रेम की खबर पृथ्वीराज को थी। वे गुप्त वेश में वहाँ पहुँचे हुए थे। संयुक्ता को उठाकर उन्होंने अपने घोड़े पर चढ़ा लिया और चलते बने। जिन्होंने रास्ता रोकना चाहा, वे तलवार के घाट उतरे।

पृथ्वीराज की मूर्ति द्वारपाल की जगह खड़ी कराकर जयचंद ने सोचा था, वह उनकी बेइज्जती कर रहा है। लेकिन इस अपमान में भी एक सत्य छिपा था।

पृथ्वीराज जयचंद के द्वारपाल नहीं थे—लेकिन वे समूचे भारत के द्वारपाल तो थे ही। उस समय भारत पर विदेशियों की चढ़ाइयाँ शुरू हो गई थीं। किंतु, पृथ्वीराज के सामने उनकी एक नहीं चल रही थी। दिल्ली के सिंहासन पर बैठकर वे उन्हें मुँह की खाने को मजबूर कर रहे थे।

पृथ्वीराज के पिता का नाम सोमेश्वर था। सोमेश्वर अजमेर के अधिपति थे। उनका विवाह दिल्लीपति अनंगपाल की कन्या से हुआ था। अनंगपाल की सिर्फ दो लड़कियाँ थीं—दूसरी कन्या का विवाह कन्नौज हुआ था, जिससे जयचंद पैदा हुआ।

अनंगपाल बूढ़े होने पर तपस्या करने चले गए और अपनी गद्दी पृथ्वीराज को सौंप दी। जयचंद इससे बहुत नाराज हुआ था।

पृथ्वीराज देखने में जितने सुंदर थे, बल और साहस में भी उसी प्रकार बेजोड़ थे। उन्होंने बहुत राजाओं को जीतकर दिल्ली में एक मजबूत राज्य कायम करने की कोशिश की। क्योंकि वे समझते थे कि विदेशियों के प्रवाह को दिल्ली के सिंहासन से ही रोका जा सकता है।

किंतु उन राजाओं में इतनी दूरदर्शिता कहाँ थी?

इधर विदेशी छापामारों का नेता शहाबुद्दीन गौरी बार-बार भारत की सीमा में घुस आता और दिल्ली पर कब्जा करने की कोशिश करता। कहा जाता है, सात बार उसने कभी खुलेआम, कभी छिपकर, चढ़ाई की और सातों बार पराजित हुआ। कई बार पृथ्वीराज ने उसे पकड़ भी लिया, लेकिन बंदी की हत्या नहीं होनी चाहिए—यह समझकर उसे छोड़ देते रहे।

अंत में जम्मू के राजा विजयदेव और कन्नौज के जयचंद गौरी से जा मिले और उन्हें लेकर गौरी ने दिल्ली पर चढ़ाई की। जहाँ कौरव-पांडवों की लड़ाई हुई थी, वहीं पृथ्वीराज और गौरी की सेना आ गुथीं।

घमासान लड़ाई हुई। एक दिन जब भोर में पृथ्वीराज पूजा-अर्चना कर रहे थे, उसी समय गौरी की सेना ने चढ़ाई कर दी। पृथ्वीराज की सेना के पैर उखड़ गए। पृथ्वीराज साधारणत: हाथी पर चढ़कर लड़ा करते। संकट देख, वे घोड़े पर चढ़कर भागे, किंतु एक विश्वासघाती ने धोखा दिया। वे पकड़ लिये गए।

कुछ लोग कहते हैं, वे वहीं मार डाले गए। कोई कहता है, गौरी इन्हें पकड़कर अपनी राजधानी, गजनी ले गया और उन्हें अंधा करके मार डाला।

पृथ्वीराज का मरना क्या था, भारत के द्वारपाल का उठ जाना था। अब विदेशियों को रोकनेवाला कोई नहीं था।

□

मुगल-पठान

इस बार जो विदेशी आए, वे थोड़े दिनों में विदेशी नहीं रहे। वे भारत में ही बस गए, भारतीय बन गए।

उनमें से दो जातियाँ बड़ी मशहूर हुईं—पठान और मुगल।

पठान जाति ने हमें शेरशाह दिया, मुगल जाति ने अकबर। भारत के इतिहास में ये दो जगमगाते रत्न हैं, इसमें कोई शक नहीं। शेरशाह बिहार के रहनेवाले एक साधारण जागीरदार के लड़के थे। उनका नाम फरीद था, किंतु एक दिन जब वह सासाराम में जंगल में शिकार खेल रहे थे, एक शेर उनके सामने आ खड़ा हुआ। फरीद ने अपनी तलवार के एक ही वार से उसके दो टुकड़े कर दिए। तभी से वह शेर खाँ कहलाने लगे और जब उन्होंने दिल्ली के तख्त पर कब्जा किया, वह शेरशाह कहलाए।

दिल्ली की गद्दी पर उन दिनों अकबर के पिता हुमायूँ थे। हुमायूँ कमजोर शासक थे। शेरखाँ ने उनके खिलाफ विद्रोह किया। हुमायूँ उन्हें सर करने को दौड़े—किंतु, खुद सर हो गए।

कहते हैं, हुमायूँ ने अपना दूत जब शेर खाँ से मिलने के लिए भेजा, तब उसने देखा कि शेर खाँ अपने सैनिकों के साथ कुदाल लेकर जमीन खोद रहे हैं। दूत बेचारे को काटो तो खून नहीं। यह कैसा सेनापति जो खुद कुदाल चला रहा है?

शाहाबाद के चौसा गाँव में हुमायूँ की सेना से लड़ाई हुई। हुमायूँ हार गए, शेर खाँ ने उनका पीछा करना शुरू किया। गंगा पार करते समय हुमायूँ डूब ही गए थे कि एक भिश्ती ने अपने चमड़े की मशक देकर उनकी जान बचाई।

शेरशाह हुमायूँ को भारत से खदेड़कर दिल्ली की गद्दी पर बैठे। सिर्फ चार साल उन्होंने राज्य किया। किंतु यह राज्य ऐसा था कि आज तक उनकी चर्चा होती है।

शेरशाह ने कलकत्ता से पेशावर तक की उस सड़क की मरम्मत कराई जिसे चंद्रगुप्त ने बनवाया था। यही सड़क आजकल 'ग्रैंड ट्रंक रोड' के नाम से मशहूर है। मालगुजारी की जो रीति उन्होंने चलाई, उसी आधार पर आजतक मालगुजारी ली जाती है। चोर-डाकुओं की तो उन्होंने जड़ खोद दी।

अब शेरशाह ने कालिंजर पर चढ़ाई की, बारूदखाने में आग लग गई। शेरशाह मोरचे की निगरानी में हमेशा की तरह वहाँ खड़े थे। वह भी आग में झुलस गए, किंतु तो भी

अपने सैनिकों को उत्साह दिलाते रहे। उधर कालिंजर पर उनकी विजयपताका फहराई, इधर उनके प्राण-पखेरू उड़ गए।

शेरशाह के बाद दिल्ली की गद्दी पर फिर मुगलों का कब्जा हुआ। हुमायूँ के सुपुत्र अकबर ने उस गद्दी पर बैठकर इतिहास में अपना नाम सोने के अक्षरों में लिखवा लिया।

हुमायूँ जब भारत से भागे चले जा रहे थे, अमरकोट में अकबर का जन्म हुआ। हुमायूँ के पास ऐसा कुछ नहीं था कि वह पुत्र के जन्म-उत्सव पर अपने दरबारियों को देते। उनके पास थोड़ी कस्तूरी थी, उसे ही बाँट दिया और दुआ दी कि मेरे बेटे का यश कस्तूरी की सुगंध की तरह संसार में फैले।

और यही हुआ। संसार के एक दर्जन बड़े और नेक शासकों में अकबर की गिनती होती है।

अकबर जब चौदह साल के थे, तभी दिल्ली की गद्दी पर बैठे। इस छोटी सी उम्र में ही उन्होंने बता दिया कि वे कैसे बहादुर और अच्छे शासक हैं। उनके पिता के मंत्री ने बगावत कर दी, अकबर ने उसे परास्त किया। जब वह कैद करके लाया गया, लोग समझते थे, इसका सर धड़ से उड़ा। लेकिन अकबर ने उसे आदर से पास बैठाया और अच्छी पेंशन देकर मक्का में रहने का इंतजाम कर दिया।

विक्रमादित्य के बाद अकबर ने ही अपने दरबार में नवरत्न जुटाए थे। बीरबल, रहीम, तानसेन, मानसिंह, टोडरमल, अबुलफजल आदि उसके रत्न थे। अकबर-बीरबल की कहानियाँ तो आज भी घर-घर प्रसिद्ध हैं।

अकबर ने इसलाम और हिंदू-धर्म में मेल-मिलाप कराने की कोशिश की। अपने राज्य में गोवध बंद कर दिया। हिंदुओं पर से जजिया कर हटाया, अपने महल में मंदिर बनवा दिए। राज्य के बड़े-बड़े ओहदे देने में धर्म का भेद-भाव नहीं रखा। उनके प्रधान सेनापति थे मानसिंह, उनके खजांची थे टोडरमल, उनके प्रधान सहचर थे बीरबल। उनके दरबार में हिंदी की धूम थी। वे खुद हिंदी में कविता करते थे। उनके दरबार में कितने ही हिंदी कवि थे, जिनमें प्रमुख थे रहीम और गंग।

तानसेन ने अकबर के दरबार में रहकर संगीत की जो रीत चलाई, आज तक वही रीत भारत में चली आ रही है। चित्रकारी से भी अकबर को बहुत शौक था और बहुत से चित्रकारों को उन्होंने अपने दरबार में आश्रय दे रखा था।

इसलाम में संगीत और चित्रकला की सख्त मनाही है, किंतु अकबर ने इसपर ध्यान नहीं दिया। वे कला के परम् उपासक थे। फतेहपुर सीकरी में उन्होंने एक नई राजधानी बनाई, जिसकी इमारतें कला के बढ़िया नमूने हैं।

अकबर ने पचास वर्षों तक राज्य किया। कहा जाता है, बीरबल की मृत्यु की खबर जब उन्हें लगी, वे बेहोश होकर गिर गए और तब से बिछावन पर से उठे नहीं।

□

घास की रोटी

जब तक चित्तौड़ का उद्धार न कर लूँगा, तब तक न कभी पलंग पर सोऊँगा, न कभी थाल में खाऊँगा—बिचाली ही मेरी सेज होगी और पत्तल पर ही भोजन, न दाढ़ी मुड़वाऊँगा, न बाल, क्योंकि मेरे घर में तो मातम है। सिर पर कलगी कैसी? शरीर पर गहने कैसे? चित्तौड़, चित्तौड़! तुम्हारा उद्धार करके ही प्रताप भोग-विलास की ओर ध्यान देगा।

और जिंदगी भर प्रताप ने यह प्रतिज्ञा निबाही, क्योंकि मुगलों की सेना के मुकाबले वे चित्तौड़ फिर नहीं ले सके।

अकबर की मेल-जोलवाली नीति ऐसी थी कि सारे देश के राजाओं और सामंतों ने उसकी अधीनता स्वीकार कर ली, किंतु प्रताप का झंडा सबसे अलग उड़ता रहा—सबसे अलग, सबसे ऊँचा।

प्रताप ने हुक्म दिया—राजपूतो, समतल में तुम मुगलों का मुकाबला नहीं कर सकते, इसलिए चलो पहाड़ी दर्रों में! नगर छोड़ो, गाँव छोड़ो, जंगल पकड़ो, पहाड़ पकड़ो! वहीं हम घास की रोटी खाएँगे, पेड़ के नीचे सोएँगे और वहीं से दुश्मन को छापे मार-मारकर तबाह-बरबाद कर देंगे। तकलीफें होंगी, होंगी—आजादी के लिए कोई भी तकलीफ बड़ी नहीं।

मेवाड़ की समतल-भूमि सूनी हो गई। अरावली की घाटियाँ गुलजार हुईं। बहादुरों ने पहाड़ी खोहों को ही राजधानी बना दिया।

अकबर के सेनापति मानसिंह शोलापुर जीतकर लौट रहे थे। मानसिंह के मन में उत्सुकता हुई, देखूँ—प्रताप क्या कर रहे हैं? वे अकेले कमलमीर पहुँचे। प्रताप ने आगे बढ़कर उनका स्वागत किया। किंतु जब भोजन का समय हुआ, सिर-दर्द का बहाना करके प्रताप ने साथ नहीं दिया। मानसिंह का क्रोध जग गया, बिना खाए चल पड़े। कुछ ही दिनों में एक बड़ी सेना लेकर अकबर का बेटा सलीम प्रताप से भिड़ने को आ पहुँचा।

हल्दी-घाटी! हल्दी-घाटी में वह लड़ाई हुई। चारों और पहाड़ियाँ, बीच में बालू का मैदान। इसी मैदान में दोनों ओर की सेनाएँ आ जुटीं। मुगल-सेना की क्या गिनती? प्रताप ने बाईस हजार राजपूतों को युद्ध-भूमि में उतारा था।

दिन भर घमासान लड़ाई—प्रताप खोज रहे थे, मानसिंह कहाँ हैं? मानसिंह की जगह सलीम को देखा। वह हाथी पर था। प्रताप ने घोड़े को इशारा किया—घोड़े की टाप हाथी के सिर पर और प्रताप का भाला हौदे पर! पीलवान मारा गया, हाथी भागा। सलीम की जान बची। लेकिन प्रताप, अब अपनी जान बचाइए।

"यही प्रताप है"—मुगल-सेना में शोर मच गया। सैनिकों ने उन्हें घेर लिया, तीन बार उनका घेरा तोड़कर वे निकले, किंतु घिर गए। शरीर में सात घाव लग चुके थे। अब देर न थी कि प्रताप जमीन पर आ गए। इसी समय एक अजीब घटना हुई झाला के सरदार मुन्ना झट आगे बढ़े और प्रताप के सिर से मुकुट और कलगी उतारकर अपने सिर पर रखा और लड़ते हुए एक ओर निकले। लड़ाई के जोश में किसे देखने-पहचानने की सुध थी! मुगलों ने मुकुट-कलगी देखकर समझा, यही प्रताप है और उन्हें टुकड़े-टुकड़े कर डाला।

इधर प्रताप अपने चेतक घोड़े को उड़ाते, युद्धभूमि से बाहर निकले। लेकिन यह क्या—दो घुड़सवार उनका पीछा कर रहे हैं? प्रताप चेतक को बेतहाशा उड़ाते जा रहे हैं, लेकिन चेतक अब थक चुका है—यह घायल भी है।

"ओ नीले घोड़े के सवार, रुको!"

यह किसकी बोली? प्रताप का छोटा भाई शक्ता—वह मुगलों से मिला हुआ था। तो आओ, तुम्हीं मारो, राजपूत के हाथ से तो मरूँगा, किंतु यह क्या हो रहा है? शक्ता उनके चरणों पर गिर रहा है। उसने क्षमा माँगी, बताया, पीछा करनेवाले दो मुगल सवारों को मैंने मार डाला है। इतने में चेतक बेहोश होकर गिर गया—मर गया। शक्ता अपना घोड़ा देकर मुगल-सेना में वापस लौट गया। यों प्रताप तो बच गए, लेकिन इस युद्ध में सिर्फ आठ हजार राजपूत बचे। जो बचे, वे भी घायल। उस पर विजयी मुगल जान के ग्राहक। अब क्या हो? छोड़ो मेवाड़—चलो, सिंधु के कछार में। वहीं मस्तों की टोली बसेगी। देखिए, प्रताप अपने सारे कुटंब के साथ सिंधु की ओर जा रहे हैं!

भामाशाह—भामाशाह! "कहाँ जा रहे हो, मेरे प्यारे राणा! लो, मेरी सारी संपत्ति। इसी से अपने थके वीरों को पालो, नई फौज जुटाओ, राजस्थान की लाज रखो!" प्रताप का काफिला फिर मुड़ा।

इस बार प्रताप ने अच्छी-खासी फौज इकट्ठी की। बहुत से दुर्ग वापस लिये। उदयपुर भी हाथ में आया, किंतु चित्तौड़ न लौटा, न लौटा!

कहा जाता है, अकबर भी प्रताप की इस वीरता पर मुग्ध हो गया। उसने कहा—

प्रताप ऐसे वीर योद्धा से छेड़खानी अच्छी नहीं। फिर अकबर के बेटे ने विद्रोह कर दिया था, अब घर की आग बुझाई जाए, या बाहर की। प्रताप कुछ निश्‍चिंत हुए। किंतु उनके मन से चित्तौड़ की कसक न गई। जब मर रहे थे, अपने बेटे को बुलाकर कहा—शपथ खाओ कि बिना चित्तौड़ लिये भोग-विलास में मन नहीं दोगे।

उसने कमस खाई, उसके सामंतों ने कसम खाई—किंतु जिसे राणाप्रताप न कर सके, उसे अमरसिंह क्या खाकर करते? हाँ, आज तक प्रताप के नियमों को उनके वंशधर निबाह रहे हैं—पलंग पर सोते हैं तो भी नीचे बिचाली बिछा देते हैं, सोने-चाँदी की थाल में पत्तल रखकर खाते हैं।

□

दो ताज

मुगल-राज्य ने हमें ऐसी दो चीजें दी हैं, जिनका जोड़ मिलाना मुश्किल है। एक है ताजमहल—आगरे में बनी वह खूबसूरत इमारत, जिसे देखकर ही लोगों का मन मोह जाता है।

यह इमारत अकबर के पोते, शाहजहाँ ने बनवाई थी। इसको बनवाने में तीन करोड़ रुपए लगे और यह तीस वर्षों में तैयार हुई।

रंग-रंग के पत्थर एशिया के कोने-कोने से मँगाए गए। तरह-तरह के जवाहर इकट्ठे किए गए। अच्छे-से-अच्छे कारीगरों को बुलाया गया। फिर अपनी देख-रेख में शाहजहाँ ने यह इमारत तैयार कराई।

शाहजहाँ की प्यारी पत्नी का नाम था—मुमताज महल। उसी की यादगारी में यह इमारत तैयार कराई गई। कहते हैं, एक रात मुमताज ने सपना देखा, उसके पेट से मरा बच्चा हो रहा है। वह व्याकुल होकर उठी। शाहजहाँ से बोली—अब मैं मरूँगी। आप मेरी दो इच्छाएँ पूरी करें। एक, आप दूसरी शादी न करें। दूसरी, मेरी कब्र पर ऐसी इमारत बनाएँ जो मेरे नाम को अमर कर दे।

शाहजहाँ ने दोनों शर्तों को पूरा किया, किंतु जिन बच्चों की ममता के कारण मुमताज ने ऐसी प्रतिज्ञा पति से कराई, उन बच्चों ने शाहजहाँ को कष्ट-ही-कष्ट दिए। उनमें औरंगजेब सबसे बढ़कर द्रोही निकला। उसने अपने दो भाइयों को कत्ल करा दिया और बाप को कैद कर लिया। कैदखाने में डाले जाने पर शाहजहाँ ने बेटे से यही प्रार्थना की थी कि मेरे कैदखाने में एक छेद करवा दो, जहाँ से ताजमहल को देखा करूँ।

बहुत से यात्री भारत में यही दो चीजें देखने आते हैं—एक हिमालय, दूसरा ताज। हिमालय—संसार का सबसे बड़ा पहाड़, ताज—संसार की सबसे खूबसूरत इमारत!

जिस समय पत्थरों का यह ताज बन रहा था, उस समय अक्षरों का एक पूरा ताज तैयार हो चुका था।

अक्षरों का ताज! हाँ, अक्षरों का ताज। वह ताज है तुलसीदासजी का रामचरितमानस—जिसे साधारणतः तुलसीदास की रामायण के नाम से पुकारा जाता है।

कालिदास के बाद तुलसीदास ही ऐसे कवि हुए जिनकी कविता को भारतीय जनता ने अपनी कविता मानकर सिर-आँखों पर लिया। हिंदी-भाषी भारत में शायद ही कोई गाँव या घर हो, जहाँ तुलसीदासजी की कोई पुस्तक न हो और शायद ही कोई आदमी हो, जिसकी जिह्वा पर तुलसीदास की एक-आध चौपाई न हो।

तुलसीदासजी का बचपन एक अनाथ बच्चे की तरह कटा। वे एक-एक दाने के लिए तरसते, कोई छाछ दे देता तो उसे अमृत समझते। जब वे भीख माँगते फिर रहे थे, एक साधु का ध्यान उनकी ओर गया और उन्होंने इस बच्चे को पढ़ाया-लिखाया। बड़े होने पर तुलसीदासजी ने शादी की, किंतु गृहस्थ-जीवन सुखमय न रहा। इसलिए वे साधु हो गए।

साधु होने पर निश्चिंत होकर उन्होंने कविता की ओर ध्यान दिया। अपने आराध्यदेव राम को लेकर ही उन्होंने कविताएँ लिखनी शुरू की। किंतु यहाँ भी लोगों ने इन्हें तंग किया। इनकी हिंदी-कविताएँ ज्यों-ज्यों जनता में प्रचार पाने लगीं, त्यों-त्यों संस्कृत के पंडित इनके विरोधी होते हुए। बुढ़ापे में बीमारियाँ भी हुईं जिनसे इन्हें बहुत कष्ट हुआ।

जिस तरह शाहजहाँ ने देश-देश के रंग-बिरंग के पत्थर और जवाहरात मँगाकर ताजमहल को सँवारा, उसी तरह तुलसीदास ने वेद, पुराण, दर्शन, नीति, काव्य, सब ग्रंथों से सूक्तियाँ लेकर अपने 'रामचरितमानस' को अपूर्व ग्रंथ बना दिया। पत्थर तो भिन्न-भिन्न जगहों में थे ही, किंतु ताजमहल में इस तरतीब से वे लगे कि एक अपूर्व शोभा की सृष्टि हुई। यों ही ये सूक्तियाँ, 'मानस' में आकर इस तरह निखर पड़ी हैं कि यह हिंदी की सर्वश्रेष्ठ पुस्तक बन गई है।

□

पहाड़ी चूहा

"नहीं-नहीं, मैं उस पहाड़ी चूहे को देखना ही चाहता हूँ—चाहे जिस तरह हो।" और हाथी-हाथी से फँसता है।

राजा जयसिंह ने यह जिम्मा अपने ऊपर लिया। वे दौड़े-दौड़े दक्षिण आए, महाराष्ट्र के सिंह शिवाजी से भेंट की और तरह-तरह की आरजू-मिन्नत करके उन्हें दिल्ली ले चलने को तैयार किया।

शिवाजी का जन्म एक छोटे से मराठा सामंत के घर हुआ था। जिस समय इनका जन्म हुआ, इनकी माता को इनके नाना ने कैद में रखा था। हाँ, बाप ने बेटी को कैद कर रखा था, क्योंकि वह अपने दामाद से नाराज था और इस तरह उन्हें अपने कब्जे में करना चाहता था।

जिस गढ़ में यह माँ जीजाबाई कैद की गई थी, उसमें एक देवी पूजी जाती थीं। देवी का नाम था शिवा। इसी देवी के नाम पर माँ ने अपने बेटे का नाम शिवाजी रखा।

बचपन से ही लोगों ने अनुभव किया, यह साधारण बालक नहीं है। खेल में, आखेट में, कसरत में, घुड़सवारी में—इस बच्चे का मन लगता था। संयोग से जिस व्यक्ति के हाथ में इस बच्चे की देख-रेख सौंपी गई थी, उस ब्राह्मण कोरण्डदेव ने भी उसे वीर और साहसी बनाने के लिए एक भी उपाय न छोड़ा।

जिस समय शिवाजी सिर्फ उन्नीस वर्ष के थे, उन्होंने बीजापुर के एक दुर्ग पर कब्जा कर लिया।

शिवाजी ने एक बड़ी चतुराई दिखलाई। मावली जाति उस समय छोटी जाति समझी जाती थी, किंतु उस जाति में बहादुरी कूट-कूटकर भरी हुई थी—खासकर पहाड़ी लड़ाई में तो इसका मुकाबला करना मुश्किल था। शिवाजी ने इस जाति को मिलाया। इनको लेकर फौज बनाई और फिर दुर्ग जीतने लगे।

पहाड़ों पर कहाँ ये रहते हैं, कहाँ छिपते हैं, कैसे निकलकर टूट पड़ते हैं और फिर

दुश्मनों के दाँत खट्टे कर किस तरह और कहाँ छिप जाते हैं, यह जानना मुश्किल था। इन्हीं गुणों को देखकर शिवाजी के दुश्मन पहाड़ी चूहा कहकर उनका तिरस्कार करते थे।

बीजापुर के शासकों ने इन्हें फतह करना चाहा। अपने बड़े सेनापति अफजल खाँ को इनके मुकाबले में भेजा। उसकी बड़ी सेना से आमने-सामने लड़ना, पत्थर पर सिर टकराना था। शिवाजी ने नीति से काम लिया। उससे अकेले मिलने गए और जब वह इनके निकट आया, तो बघनखे से उसकी अंतड़ियाँ निकाल लीं।

अब शिवाजी इतने बलवान और प्रभावशाली हो गए थे कि दिल्लीपति औरंगजेब ने अपने मामा शाइस्ता खाँ को उनके मुकाबले में भेजा। खाँ साहब को भी बुरी तरह मुँह की खानी पड़ी।

"नहीं, नहीं, मैं उस पहाड़ी चूहे को देखना ही चाहता हूँ", औरंगजेब ने पैर पटकते हुए कहा।

और जयसिंह की आरजू-मिन्नत पर शिवाजी दिल्ली चले। साथ में कुछ विश्वासी सरदार थे। जब दिल्ली पहुँचे और औरंगजेब के दरबार में दाखिल हुए, शिवाजी भाँप गए कि दाल में काला है और दूसरे ही दिन उन्हें मालूम हो गया कि वे तो दिल्ली नगरी में कैद हैं।

पहाड़ी चूहा आप ही चूहेदानी में आ फँसा—औरंगजेब और उसके दरबारी यह सोचते और मगन होते।

दिन बीतने लगे, सप्ताह बीतने लगे। पहाड़ी चूहा बीमार पड़ गया है—इस खबर से तो औरंगजेब की खुशी का पारावार नहीं रहा। आप ही मरेगा, हत्या के दोष से भी बचा—वह सोचता।

"हुजूर, पहाड़ी चूहा भाग गया।"—जब एक दिन उसके दूतों ने यह खबर दी तो औरंगजेब के होश गायब हो गए। "भाग गया! गायब हो गया! कैसे भागा?" वह जोरों से चिल्लाने लगा। तब तक शिवाजी दिल्ली से कई योजन की दूरी पर थे।

जब शिवाजी ने देखा, दुश्मनों ने हमें छकाया है तो उन्होंने भी उसे छकाने की ठानी। बीमारी का बहाना किया और गरीबों में टोकरे-के-टोकरे मिठाइयाँ बँटवानी शुरू की। कुछ दिनों तक जब टोकरे निकलते, तो देख लिये जाते, किंतु बाद में यह देख-रेख छोड़ दी गई। इधर कहा जाने लगा कि दिन-दिन शिवाजी की तबीयत खराब होती जा रही है। दुश्मन जब शिवाजी की मृत्यु की खबर सुनने की प्रतीक्षा में थे, एक दिन मिठाई के एक टोकरे में बैठकर वे चंपत हो गए।

थोड़ी दूर जाने पर, दाढ़ी-मूँछ मुड़ा, संन्यासी का वेश धारण कर शिवाजी मथुरा, प्रयाग, पुरी होते हैदराबाद के रास्ते महाराष्ट्र पहुँचे। इनके पहुँचते ही फिर तो महाराष्ट्र भर में बिजली सी दौड़ गई। जो मराठे विरोधी थे, वे भी आ मिले।

औरंगजेब ने फिर भी कितनी बार छल और बल का सहारा लिया, किंतु शिवाजी की चतुराई और बहादुरी के सामने उसकी एक न चली। अपने सामने ही उसने मुगल-साम्राज्य के पतन का आरंभ देखा। अकबर की नीति के विरुद्ध प्रजा में धार्मिक भेद-भाव के जो बीज उसने बोए, उसका फल उसे ही चखना पड़ा। महाराष्ट्र में शिवाजी के नेतृत्व में एक राज्य कायम हुआ, जिसने मुगल-साम्राज्य की धज्जियाँ उड़ा दीं—छोटे से पहाड़ी चूहे ने मुगल-साम्राज्य के विशाल पहाड़ को टुकड़े-टुकड़े कर डाला।

□

देवी बलिदान चाहती है

"सत्य श्री अकाल, जो बोले सो निहाल!"

इस नारे से सारा पंजाब गूँजने लगा। आज भी यह नारा पंजाब को गुंजित करता रहता है।

पंजाब के वीरों को यह नारा दिया गुरु गोविंद सिंह ने। गुरु गोविंद सिंह गुरु नानक के प्रधान शिष्यों की पीढ़ी में थे। गुरु नानक ने जिस धर्म को चलाया वह 'सिख' या 'खालसा' धर्म के नाम से प्रसिद्ध हुआ।

गुरु नानक का धर्म बहुत ही सीधा-सादा, छोटे-से-छोटे आदमी को ऊपर उठानेवाला, सब तरह के लोगों में प्रेम पैदा करनेवाला था, किंतु इस धर्म की उन्नति भी उस समय के मुगल शासक बरदाश्त करने को तैयार नहीं थे। उन्होंने सिखों और सिख-गुरुओं को तरह-तरह की तकलीफें दीं। कितनों के सिर तक उड़ा डाले।

गुरु गोविंद सिंह के पिता ने जब उन अत्याचारों से ऊबकर पंजाब को छोड़ दिया और पटना में आकर बसने लगे, तो यहीं पटना में गुरु गोविंद सिंह का जन्म हुआ।

गुरु गोविंद सिंह ने होश सँभालते ही देखा कि इन शासकों के सामने साधारण जनता इस तरह दुबकी पड़ी है, मानो, वे बाज हों और ये चिड़ियाँ। गुरु गोविंद ने प्रतिज्ञा की—

चिड़ियों से मैं बाज मराऊँ,
तब गुरु गोविंद सिंह कहाऊँ!

और सचमुच गुरु गोविंद ने यह कर दिखलाया। धर्म के जो प्यारे लोग कल तक कफनी और माला लिये फिरते और सभी अत्याचारों को हँसते-हँसते बरदाश्त करते थे, उनके शरीर पर अब जिरह-बख्तर थे और हाथों में थीं दुधारी तलवारें। उनके मुँह से गुरुग्रंथ का सुमिरन ही नहीं, अब 'सत्य श्री अकाल' का नारा निकलता, जिसे सुनकर दुश्मनों की छाती दहल उठी!

..."लेकिन देखना चाहिए, इनमें यह वीरता दिखावटी है या सच्ची"—इसलिए गुरु गोविंद सिंह ने एक दिन अपनी धर्म-सेना को एक जगह एकत्र किया।

यह देखिए, सामने ये सिख-वीरों की बड़ी जमात जुटी है। बीच में एक तंबू खड़ा

है। तंबू के अंदर युवा गुरु गोविंद साधना में लीन हैं। भीतर से कभी-कभी 'जपजी' के कुछ शब्द सुनाई पड़ते हैं, फिर सन्नाटा छा जाता है। भीतर कुछ गंभीर चीज जरूर हो रही है। इसी समय लोग देखते हैं—गुरु गोविंद तलवार झुलाते बाहर आते हैं और सिखों से पुकारकर कहते हैं—"देवी बलिदान माँग रही है—जो अपना सिर दे सकें, वे आगे बढ़ें। हमारे बलिदान से देवी प्रसन्न हो गई तो हमारे सामने फिर कौन टिक सकेगा।"

देवी बलिदान चाहती है, सिर देना पड़े—अरे यह क्या? सब लोग भौचक होकर एक-दूसरे का मुँह देखने लगते हैं। किंतु उनके कानों को फाड़ती यह आवाज फिर गूँज उठती है—

"देवी बलिदान माँग रही है, जो सिर देना चाहे वह आगे बढ़े! बढ़ो!! बढ़ो!!"

एक सिख बढ़ता है! यह कौन? अरे-यह तो वह आदमी है, जिसे कल तक हम छोटी जाति का होने के कारण अपने से छोटा समझ रहे थे।

वह आगे बढ़ा, तंबू के भीतर गया। तलवार का छप सा शब्द हुआ, फिर खून की धारा तंबू के भीतर से निकलकर बाहर की जमीन को सींचने लगी।

"हाँ-हाँ, देवी बलिदान माँग रही है, दूसरा कौन है,—वह आगे बढ़े—बढ़ो! बढ़ो!!"

एक दूसरा बढ़ा, उसी की तरह का मामूली आदमी। फिर तंबू में छप-छप शब्द, फिर खून की लाल धारा।

फिर गुरु की ललकार—तीसरा बढ़ा, चौथा बढ़ा, पाँचवाँ बढ़ा, छठा बढ़ा, सातवाँ बढ़ा—तंबू से निकली खून की धारा मोटी होती जा रही है—सामने की जमीन लाल-लाल हो रही है।

"बस अब नहीं—देवी खुश हो गई। बोलो—सत्य श्री अकाल। वाहे गुरुजी का खालसा, वाह गुरुजी की फतह!" और यह क्या, वे सातों शहीद वीर भी तंबू से बाहर खड़े मुसकरा रहे हैं। क्या ये जी उठे? हाँ, जी उठे! आओ, सभी अमृत पीओ। शहादत का अमृत पीओ, सिंह बनो, सिंह।

आज से सभी सिंह कहलाएँगे! सिंह-सिंह के सामने कोई आदमी क्या खाकर टिक सकता है।

गुरु गोविंद सिंह ने देवी के नाम पर अपने सिखों की यह परीक्षा ली थी।

वहाँ कुछ बकरे बाँध दिए गए थे, उन्हीं में से एक का हर बार कत्ल कर दिया जाता था।

किंतु इस परीक्षा ने साबित कर दिया कि सिख किस धातु के बने हैं। गुरु गोविंद सिंह जिंदगी भर लड़ते रहे, उनके दो छोटे-छोटे बच्चों को दीवार में चुनवा दिया गया। उन्हें भी पंजाब छोड़कर भागना पड़ा। किंतु शहीदों के खून ने रंग पकड़ा—उन शासकों का नाम भी आज कोई नहीं जानता, लेकिन सारा पंजाब आज भी 'सत्य श्री अकाल' और 'वाहे गुरुजी की फतह' से गूँजा करता है।

□

ये फिरंगी!

मेरे सिपहसालार, लो, यह मेरी पगड़ी तुम्हारे कदमों पर! मैं तुम्हारे हाथों को चूमता हूँ। तुम सोचो, यह क्या करने जा रहे हो?

ये फिरंगी—मुझे इनका रवैया अच्छा नहीं मालूम पड़ता। तिजारत करने को ये आए, लेकिन आज इनकी हर चाल डंका पीट-पीटकर कहती है कि उनके दिमाग पर बादशाहत का भूत सवार है।

बादशाहत का भूत! और यह बादशाहत का भूत इनसे सब कुकर्म करवाकर रहेगा। ये तुम्हारे भी नहीं रहेंगे, ओ मेरे सिपहसालार! बंगाल को बचाओ, हिंदुस्तान को बचाओ।

लेकिन, मीरजाफर कहाँ तैयार हो सका सिराजुद्दौला की इस विनती पर विचार करने के लिए?

अपनी वीरता के कारण यह छोटे से पद से उठता-उठता बंगाल का प्रधान सेनापति बन गया था और अब वीरता पर प्रभुता का नशा छा चुका था। सिराजुद्दौला को हटाकर खुद नवाब बनने के लिए यह फिरंगी कप्तान क्लाइव से साँठ-गाँठ कर चुका था और उसकी इस साँठ-गाँठ में कई हिंदू-मुसलमान देशद्रोही शामिल थे।

1757 में पलासी के मैदान में जो लड़ाई हुई उसने भारत में अंग्रेजी राज्य की नींव रख दी। सिराजुद्दौला के सेनापति की हैसियत से ही मीरजाफर अंग्रेजी पलटन से लड़ता रहा। किंतु यह तो दिखाऊ लड़ाई थी। छोटी सी पलटन लेकर भी क्लाइव जीत गया। दुनिया में डौंडी बज गई कि अंग्रेज इतने अच्छे लड़ाके होते हैं। किंतु क्लाइव ने जो घिनौनी साजिशें की थीं, उनकी ओर कौन ध्यान देता?

बेचारा सिराज भागा। वह पकड़ा गया और बेरहमी से कत्ल किया गया। मीरजाफर बंगाल का नवाब बना, लेकिन इसके लिए अंग्रेज अफसरों को उसे लगभग साठ लाख रुपए देने पड़े—सिर्फ क्लाइव ने बीस लाख रुपए घूस में लिये थे।

किंतु देशद्रोहियों को उसका फल भी भुगतना पड़ता है। मीरजाफर को भी भुगतना पड़ा। उसका बेटा मीरन एक फौजी पड़ाव में एक दिन बिजली गिरने से मर गया।

उसके फिरंगी नायबों ने ऐसी खबर उड़ाई, लेकिन कहा जाता है, उस दिन आसमान में न कहीं बादल था और न किसी ने बिजली की कड़क ही सुनी।

इकलौते बेटे की मृत्यु ही जैसे काफी नहीं थी, इसलिए उन्हें बंगाल की नवाबी गद्दी से भी उतार दिया गया।

मीरजाफर ने पूरे चार साल भी नवाबी नहीं की थी कि एक दिन अंग्रेज गवर्नर मुर्शिदाबाद आ धमका और बातों-बातों में ही बताया कि आपसे राज-काज ठीक से नहीं चल रहा है। इसलिए अपने दामाद मीर कासिम के लिए नवाबी की गद्दी खाली कर दीजिए तो अच्छा हो। नवाब ने विचार करने के लिए समय माँगा। रात भर उन्हें नींद नहीं आई। जब भोर में उठे तो देखा, उनका महल फिरंगी पलटन से घिरा हुआ है। उन्होंने चुपचाप अपनी सील-मुहर फिरंगी सेनापति को सौंप दी।

मीर कासिम को यह इनाम इसलिए मिला था कि उसी ने सिराजुद्दौला का कत्ल किया था। नवाब होने पर कुछ दिनों तक तो वह मूर्ख फिरंगियों का पेट भरता रहा। लेकिन सबकी एक हद होती है। आखिर मीर कासिम की भी अंग्रेजों से ठन गई। मुर्शिदाबाद से भागकर वह मुंगेर आया और वहाँ युद्ध की तैयारियाँ करने लगा। अंग्रेजों ने पीछा किया तो वह पटना भागा। पटना आकर उसने यहाँ रहनेवाले सभी अंग्रेजों का कत्ल कर एक कुएँ में डलवा दिया। अंग्रेजों का क्रोध और भड़का। उन्होंने उसे बिहार से भी निकाल बाहर किया और अंत में मीर कासिम भी भिखमंगों की तरह भटक-भटककर मरा।

□

अस्सी वर्षों की हड्डी में

"अस्सी वर्षों की हड्डी में जागा जोश पुराना था।"

हाँ, बाबू कुँवर सिंह अस्सी वर्ष के बूढ़े हो गए थे जब भारत में अंग्रेजी राज्य के खिलाफ पहली क्रांति हुई।

पलासी के युद्ध के बाद से भारत में यथार्थतः अंग्रेजों का ही बोलबाला रहा। और, उन सब सालों में जो कुछ हुआ, वह इतना बुरा था कि इनके विरोध में एक भयानक क्रांति की ज्वाला धधक उठी।

बिहार और बंगाल की दीवानी के नाम पर उन्होंने वहाँ के किसानों को तबाह-तबाह कर दिया। जमीन की मिल्कियत किसानों के हाथों से छीनकर एक मुट्ठी जमींदारों के हाथ में सौंप दी और इतने अधिकार दे दिए कि किसानों के खून की एक-एक बूँद चूसी जाने लगी। अवध में पहुँचे, तो लखनऊ की बेगमों की आबरू भी नहीं बची। मध्यभारत के कई मराठे राज्यों पर अपना कब्जा जमा लिया। महाराज रणजीत सिंह ने सिखों का जो विशाल राज्य कायम किया था, उसे भी टुकड़े-टुकड़े कर दिया।

जनता तबाह, राजघराना तबाह, फौज में भी बेचैनी। अचानक 1857 में क्रांति की ज्वाला धू-धू जलने लगी।

दिल्ली का आखिरी बादशाह, अवध का अजीमुद्दौला, मराठों में तात्या टोपे, नानासाहब और लक्ष्मीबाई, बिहार में बाबू कुँवर सिंह—ये ही इस क्रांति के प्रमुख नेता थे। निस्संदेह यह क्रांति असफल हुई—बादशाह बहादुरशाह को कैद करके बर्मा भेज दिया गया। उसके बेटों का कत्ल कर दिया गया। लक्ष्मीबाई लड़ते-लड़ते शहीद हुईं। तात्या को फाँसी दी गई। नानासाहब और अजीमुद्दौला लापता हो गए और कुँवर सिंह ने वीरगति पाई। इस बेरहमी से क्रांति को कुचल दिया गया कि अंग्रेजी राज की उम्र नब्बे बरस और बढ़ गई।

क्रांति-नेताओं में बाबू कुँवर सिंह का व्यक्तित्व सबसे निराला था। बचपन से ही

दबंग, अक्खड़! शान पर जान देनेवाले, आन पर मर मिटनेवाले! छोटा सा राज्य था, लेकिन बड़ों की पगड़ी सामने आते ही उतर जाती थी।

क्रांति हो गई है—मेरे सरदार, चलिए, हमारा नेतृत्व कीजिए। जब क्रांतिकारियों की टोली ने उन्हें जा घेरा और ऐसी प्रार्थना की तब कुँवर सिंह 'नाहीं' करनेवाले नहीं थे। जगदीशपुर में क्रांति का झंडा लहराने लगा। युद्ध का मारू बाजा बज उठा। झटपट आरा पहुँचे और भोजपुर की उस वीर-नगरी को क्रांति के गढ़ के रूप में परिणत कर दिया। अंग्रेजी राज एक बँगले में सिमटकर रह गया।

क्रांति के पहले झपट्टे में तो अंग्रेजों के होश फाख्ता हो गए थे, किंतु धीरे-धीरे देशद्रोहियों को इकट्ठा कर क्रांति को कुचलने का वे आयोजन करने लगे।

इधर कुँवर सिंह पश्चिम की ओर इसलिए बढ़े कि उधर के क्रांतिकारी नेताओं से संपर्क कायम किया जाए। इस क्रांति के लिए सबसे बड़े दुर्भाग्य की बात यह रही कि अपने-अपने क्षेत्रों में लोगों ने कमाल कर दिखलाया, लेकिन सम्मिलित रूप में वे विचार न कर सके, न कोई योजना बना पाए। शक्तियाँ बिखरी रह गईं। उन बिखरी शक्तियों को दबाना उनके लिए आसान हो गया, जिनका संगठन फौलाद की तरह पक्का था।

एक बार जब बाबू कुँवर सिंह गंगा पार कर रहे थे, अंग्रेजों की एक गोली उनके हाथ में आ लगी। उन्होंने झट तलवार निकाली और उस बाँह को काटकर गंगा की धारा में डाल दिया—गंगा मैया, लो, दुश्मन की गोली से अपवित्र बनी इस बाँह को तुम्हीं पवित्र बना सकती हो।

बुढ़ापे का शरीर—इस घाव से बीमार पड़ गए और जगदीशपुर लौट आए। घाव अच्छा नहीं हुआ। विद्रोही वीर कुँवर सिंह ने सदा के लिए आँखें मूँद लीं। उनकी मृत्यु के बाद अंग्रेज जगदीशपुर पर चढ़ आए और उनके महल और मंदिर तोप से उड़ा दिए गए।

बूढ़े कुँवर सिंह चले गए, लेकिन बिहार के नौजवानों के लिए एक जलती हुई कहानी छोड़ गए।

□

स्वराज्य की ओर

1857 का विप्लव दबा दिया गया, किंतु क्या आदमी या देश की आत्मा को भी दबाया जा सकता है?

तलवार छीन ली गई, तो जबान तो थी।

और उस जबान को सिर नवाइए जिस पर पहले-पहल 'स्वराज्य' का शब्द आया।

स्वराज्य-स्वराज्य हमें चाहिए। यह कहा एक बूढ़े वशिष्ठ ने जो धर्म से पारसी थे। उनका नाम था दादाभाई नौरोजी। सचमुच वे स्वराज्य के दादा थे।

नौरोजी दादा बंबई के रहनेवाले थे। बड़े खानदान से; बड़े आदमी। देश की गुलामी की कसक थी दिल में।

1885 में पहले पहल कांग्रेस का जलसा (अधिवेशन) बंबई में हुआ। दादाभाई उसकी नींव मजबूत करनेवालों में से थे। उनकी यह धारणा थी कि यदि ठीक ढंग से स्वराज्य की बात अंग्रेजों तक पहुँचाई जाए, तो वे स्वराज्य देकर रहेंगे।

इसीलिए वे विलायत गए और कुछ उदार-हृदय अंग्रेजों की मदद से पार्लियामेंट के मेंबर चुने गए। एक हिंदुस्तानी के लिए यह कम गौरव की बात नहीं थी।

दादाभाई के व्याख्यानों का अच्छा असर हुआ। किंतु, कहीं सिर्फ माँगने से स्वराज्य मिला करता है?

और ज्यों-ज्यों स्वराज्य में देर हो रही थी, हिंदुस्तान के नौजवान उतावले हो रहे थे। बंबई के ही निकट पूना में वहाँ के कलक्टर को दिन-दहाड़े एक नौजवान ने गोली मार दी।

उधर कर्जन ने बंगाल को दो टुकड़ों में बाँटकर, बर्रे के छत्ते को उकसा दिया था। सारे बंगाल में 'वंदेमातरम्' की गूँज और स्वदेशी की धूम थी।

ऐसे ही मौके पर 1905 में जब कांग्रेस का जलसा हुआ, तो उसके सभापति चुने गए—हमारे दादाभाई नौरोजी। अपने इसी भाषण में उन्होंने पहली बार 'स्वराज्य' शब्द का प्रयोग किया।

दादा के स्वराज्य के रुतबे को बुलंद कर दिया, लोकमान्य तिलक ने यह कहकर—"स्वराज्य हमारा जन्मसिद्ध अधिकार है।"

बूढ़े दादा पर प्रहार नहीं किया गया; किंतु लोकमान्य तिलक को तो छह साल की सजा भुगतकर इसकी कीमत अदा करनी पड़ी।

किंतु यह तो हमारे बापू के भाग में था कि वे दादाभाई के मुँह से निकले और लोकमान्य तिलक द्वारा पवित्र किए गए 'स्वराज्य' शब्द को पूर्ण रूप में हमारे सामने रख जाएँ।

□

जन-गण-मन

जब हमारी राष्ट्रीय सेना मारू राग में 'जन-गण-मन अधिनायक जय हे' बैंड पर बजाने लगती है, तो किस प्रकार हमारे रोंगटे खड़े हो जाते हैं?

इस अलौकिक गान का रचयिता कौन है?

कवींद्र रवींद्र।

फ्रांस में महर्षि रोम्याँरोलाँ ने कहा था—''गांधी और रवींद्र एक ही हिमालय से निकलकर पूरब और पश्चिम की ओर बहनेवाली गंगा और सिंधु की दो धाराएँ हैं। दोनों भारतीय संस्कृति की उत्तमोत्तम देन हैं।''

गांधीजी ने हमें राष्ट्र दिया; रवींद्र ने हमें राष्ट्रगान दिया।

बंगाल के एक धनी परिवार में कवींद्र का जन्म हुआ था। बचपन से ही यह पता चलता था कि यह बच्चा एक दिन संसार में सर्वश्रेष्ठ कलाकारों में गिना जाएगा।

माँ-बाप बच्चे को किताब-स्लेट में फँसाना चाहते। बच्चा एकटक से नारियल के झुरमुटों, उनपर चमकनेवाली ओस की बूँदों और उन्हें रंगीन बनानेवाली सूर्य-किरणों को देखता रहता।

घर पर कुछ पढ़ाकर विलायत भेजा गया—वहाँ भी किताब रटने में इसका मन नहीं लगा।

घर लौटकर किशोर रवींद्र कविताएँ लिखने लगा। सोलह साल के होते-होते इसकी कवि-प्रतिभा की धूम मच गई।

और उस दिन तो सारा संसार चकित-विस्मित रह गया, जब उसने सुना कि हिंदुस्तान के एक कवि को सवा लाख रुपए का नोबेल पुरस्कार मिला है।

यह पुरस्कार कवींद्र रवींद्र को उनकी सर्वश्रेष्ठ कृति 'गीतांजलि' पर मिला था।

किंतु कवींद्र रवींद्र सिर्फ कवि ही न थे। वे एक ॠषि थे और ॠषियों की तरह की ही उनकी जिंदगी थी।

उनके जैसा खूबसूरत आदमी शायद ही कभी देखने को मिलता है। गुलाब जैसे चेहरे पर बर्फ सी सफेद दाढ़ी तो सोने में सुगंध जैसी प्रतीत होती थी।

कलकत्ते में खानदानी राजमहल था। लेकिन उसे छोड़कर एक देहात में चले गए और वहाँ शांतिनिकेतन की स्थापना की। शांतिनिकेतन हिंदुस्तान की सबसे पहली और सबसे अच्छी शिक्षण-संस्था है। ग्रामीण वातावरण में भारतीय गुरुकुलों के आदर्श पर आधुनिकता की छाप लिये कला और साहित्य की उत्तमोत्तम शिक्षा देनेवाली यह संस्था अपूर्व है, अनोखी है।

इनकी साहित्यिक कृति से प्रभावित होकर सरकार ने उन्हें 'सर' की उपाधि दी थी। जब पंजाब हत्याकांड हुआ, उन्होंने उस उपाधि को लौटा दिया। उस समय कवींद्र ने जो पत्र सरकार को लिखा, उसके अक्षर-अक्षर से उनकी तेजपूर्ण देशभक्ति टपकती है।

साहित्य का ऐसा कोई अंग नहीं, जिस पर उन्होंने कलम न चलाई हो। नाटक, उपन्यास, कहानी, निबंध, आलोचना, भ्रमण, यहाँ तक कि विज्ञान तक पर उन्होंने कलम उठाई और सब क्षेत्रों में कमाल कर दिखाया।

वाल्मीकि, व्यास, कालिदास, तुलसीदास—बस कुछ ही ऐसे नाम हैं जिन्हें हम रवींद्र के साथ ले सकते हैं।

कवींद्र रवींद्र ने संसार के प्रायः सभी प्रमुख देशों का भ्रमण किया था। वे जहाँ-जहाँ गए, भारतीय प्रतिभा की धाक जमा दी। विदेशों में भारतीयों के लिए सम्मान भाव पैदा करने का सबसे बड़ा श्रेय कवींद्र रवींद्र को ही है।

संसार-भ्रमण के बाद उन्होंने शांतिनिकेतन में 'विश्व-भारती' नाम की एक संस्था खोली, जिसका आदर्श था—एक जगह पर संसार की सारी संस्कृतियों का समन्वय कराने की कोशिश करना। विश्व-भारती में संसार के विद्वानों का आगमन प्रायः ही हुआ करता था।

उनके अंतिम दिनों में कवींद्र को सभी लोग 'गुरुदेव' के नाम से पुकारते थे। गांधीजी भी इसी नाम से उन्हें संबोधित करते थे।

गुरुदेव ने लंबी आयु पाई थी। अस्सी साल की उम्र में उनकी मृत्यु हुई।

□

बापू

हमारे, तुम्हारे, देश के, राष्ट्र के बापू!

हाँ, गांधीजी हमारे राष्ट्र के पिता थे। यह जो हमारा आज का राष्ट्र है; उसको जन्म उन्होंने ही दिया। जन्म दिया, पाला-पोसा, बड़ा किया, आजाद किया।

कांग्रेस कायम हो चुकी थी; स्वराज्य की माँग हो रही थी, किंतु स्वराज्य इस तरह माँगने से नहीं मिलता, यह दिन-दिन साबित होता जा रहा था।

कुछ नौजवानों ने रिवाल्वर ताने, कुछ ने बम पटके—किंतु जिस देश के हाथ से हथियार छीन लिये गए हों, वह अस्त्रों की लड़ाई में कैसे जीते?

बापू आए? उन्होंने एक नया हथियार देश के हाथ में दिया।

हम हिंसा नहीं करेंगे, अंग्रेजों से घृणा भी नहीं करेंगे। लेकिन उनके राज्य को चुपचाप बरदाश्त भी नहीं करेंगे। हम उनके कानून तोड़ेंगे, उनके राज्य को नहीं चलने देंगे। हम लाठियाँ खाएँगे, गोलियाँ खाएँगे, फाँसी पर चढ़ेंगे, लेकिन हम स्वराज्य लेकर दम लेंगे।

छोड़ो स्कूल, छोड़ो कॉलेज, छोड़ो वकालतखाना, छोड़ो नौकरी—इस सरकार से पूरा असहयोग करो, क्योंकि यह शैतानी सरकार है।

इसने कहा था—'हम तुम्हें स्वराज्य देंगे'—दिया है काला कानून, पंजाब का हत्या-कांड, खिलाफत का नाश। हिंदू, मुसलमान, सिख, ईसाई—सभी मिलो। इस सरकार को हटाओ।

बापू की वाणी में जादू था—1921 के वे दृश्य! मालूम हुआ, सोया हुआ, मरा हुआ राष्ट्र जग पड़ा, जी उठा। गुलाम हिंदुस्तान दम तोड़ रहा है। नए हिंदुस्तान का जन्म हो रहा है।

नया हिंदुस्तान, आजाद हिंदुस्तान।

हिंदू-मुसलमान मिलो, अछूतों को गले लगाओ, चरखा चलाओ, सिर्फ कानून ही नहीं तोड़ना है, रचनात्मक काम करना है।

चरखा—झोंपड़ी में सड़ते-गलते चरखे को महलों तक पहुँचा दिया बापू ने। अरे यह क्या? चरखे को राष्ट्रीय झंडे पर रख दिया। नीले आसमान को भी चरखा गुलजार करता रहा।

जेल, जुर्माने, जप्ती, लाठी, बेंत, गोली—लेकिन क्या? हिंदुस्तान बढ़ता जा रहा है।

1930, फिर एक बार गुत्थमगुत्था। नमक पर टैक्स—यह कैसी बात? नमक-कानून तोड़ दो। गाँव-गाँव नमक बनाओ। ऐसी हलचल मची कि लंदन का सिंहासन डिल गया। अंग्रेजी बादशाह ने हमारे नंगे फकीर बापू से बढ़कर हाथ मिलाया।

लेकिन अंग्रेजों का दिल अभी तक साफ नहीं हुआ था। हिंदुस्तान लौटते-लौटते फिर ठन गई। बापू जेल में—सारा देश जेल में।

लो, स्वराज्य लो—अंग्रेजों ने एक नकली स्वराज्य हमारे सामने रखा।

बापू ने उस नकली को असली की नींव बना दिया।

हिंदुस्तान के आठ सूबों में कांग्रेसी राज्य! यह क्या हो गया? बहुत लोगों ने मान लिया, यही स्वराज्य है। किंतु बापू ने कहा—नहीं, अभी स्वराज्य दूर है, एक मोरचा लेना पड़े और शायद···

और वह मोरचा आकर रहा। 9 अगस्त, 1942। खुली बगावत—'अंग्रेजो, भारत छोड़ो।'

बापू ने फिर जेल-यात्रा की और उधर रेल की पटरियाँ उखड़ रही हैं, तार काटे जा रहे हैं, थानों पर कब्जा किया जा रहा है। अंग्रेजी राज्य को कोने-कोने से खदेड़ा जा रहा है।

अंग्रेजी राज नंगा नाच कर रहा है—गाँव जलाए जा रहे हैं, गोलियाँ चलाई जा रही हैं—बच्चे, बूढ़े, औरतें—किसी को छोड़ा नहीं जा रहा है। गाँव-गाँव में गोरे सैनिक ऊधम मचा रहे हैं।

खुली बगावत, तो लो, हमने उसे सदा के लिए कुचल दिया।

लेकिन यह 1857 नहीं था। यह नया हिंदुस्तान था—बापू का हिंदुस्तान था। चिराग जलता रहा—आहुतियाँ पड़ती रहीं।

और पाँच बरस के बाद फिर अगस्त आया, 15 अगस्त, 1947। इस बार अगस्त आया स्वराज्य का संदेश लेकर। अंग्रेजों ने भारत छोड़ दिया।

आजाद हिंदुस्तान! कितनी सदियों के बाद हिंदुस्तान का राज्य हिंदुस्तानियों के हाथ में आया और जनता के हाथ में तो इतिहास में पहली बार आया।

चारों ओर उत्सव, किंतु यह क्या?

जो आग छोटे पैमाने पर बंगाल बिहार, बंबई और सरहद में धधक चुकी थी, वह पंजाब में धू-धू जलने लगी। हिंदू, सिख, मुसलमान—उफ! खून की नदियाँ बहने लगीं!

खून की नदियाँ बह रही थीं। और बापू की आँखों से आँसू की नदियाँ।

रोको—रुको। इस घरेलू लड़ाई को रोको। घर की बरबादी को रोको। हिंदुओ, सबसे पहले तुम रोको, क्योंकि तुम बड़े भाई हो।

बापू चिल्लाते रहे, रोते रहे।

उनके आँसू धधकती आग पर पानी छिड़क रहे थे। उनकी पुकार उबलते क्रोध को शांत कर रही थी कि—आह··· !

आह! 30 जनवरी, 1948! बापू की हत्या कर दी गई।

बापू! बापू! बापू!—सारा देश रो उठा। हाय, बापू हमारे बीच नहीं रहे। लेकिन रोने-धोने से काम नहीं चलता। हम बापू के बताए रास्ते पर चला करें, चला करें, चला करें।

□

प्रकृति पर विजय

भाप की ताकत

एक दिन एक छोटा बच्चा बड़े ध्यान से चाय की केतली को देख रहा था। पानी खौल रहा था, पानी से भाप निकलकर केतली के ढक्कन को फेंकने पर तुली थी। भाप-पानी से बनी धुआँ-धुआँ सी चीज और उसमें इतनी ताकत! बच्चा बड़े सोच-विचार में पड़ा था कि माँ ने कहा—"जेम्स, घड़ी देख, स्कूल का वक्त हो गया।"

जेम्स स्कूल गया, लेकिन उसके दिमाग में तो भाप भरी थी, वह क्या लिखता-पढ़ता? एक बार उसकी चाची ने डाँटा—यह क्या घूरता रहता है तू! तेरे जैसा निखट्टू लड़का तो कहीं नहीं देखा!

कौन जानता था, वह निखट्टू लड़का प्रकृति पर मनुष्य की विजय दिलानेवाला अद्‌भुत सिद्ध हो जाएगा। एक दिन संसारभर में इसकी धूम मच जाएगी। इस देश के लोग इसके आविष्कार से मालामाल हो जाएँगे और संसार में उसका बोलबाला हो जाएगा।

इंग्लैंड रेल चलाने में, जहाज चलाने में, बड़े-बड़े कारखाने बनाने में सब देशों से आगे बढ़ गया, वह खासकर इस बच्चे—जेम्सवॉट—के इस आविष्कार के कारण कि भाप में असीम शक्ति है और उस शक्ति से हम बड़े-से-बड़ा और बारीक-से-बारीक काम ले सकते हैं।

उसके इस आविष्कार ने दूरी पर तो पूरी विजय प्राप्त कर ली। थोड़े ही दिनों में जमीन पर, आकाश में, समुद्रतल पर मनुष्य मनमाने रूप से विचार करने लगा।

जेम्सवॉट का स्वभाव बड़ा लजीला था। जब वह ग्लासगो से लंदन आया, वह काम के लिए इधर-उधर, मारा-मारा फिरता। औजार बनाने में उसके हाथ बड़े निपुण थे। गणित के औजार बनाने के एक कारखाने में उसे जगह मिली। वह रात के नौ बजे तक काम करता, तो भी इतने पैसे नहीं मिलते कि भरपेट खा सके। वह निराश होकर ग्लासगो लौट आया।

ग्लासगो में आकर वह छोटे-छोटे औजार और बाजे बनाने लगा। उसकी शिल्प-चातुरी की ओर ग्लासगो यूनिवर्सिटी का ध्यान गया और उसने एक छोटा सा कारखाना अपने हाते में खोल दिया। यहीं एक प्रोफेसर ने उसे एक इंजन की मरम्मत का काम दिया और यहीं से उसके भाग्य ने पलटा खाया।

भाप की ताकतवाला इंजन से पानी उलीचने का काम लिया जाता था, किंतु ये इंजन अच्छी तरह काम नहीं करते थे—चलते थे, रुकते थे। प्रोफेसर का इंजन भी कुछ ऐसा ही था। बहुत दिनों से वह पड़ा हुआ था। जंग तक लग गया था। वॉट ने उसे अच्छी तरह देखा-सुना। बचपन से ही भाप की ताकत की ओर उसका ध्यान था बचपन की यह जिज्ञासा अभी जिंदा थी। औजार बनाने की कला ने अब उसके लिए यह संभव कर दिया था कि इस ताकत के कमाल को वह दुनिया के सामने रखे।

कुछ दिनों में ही लोगों ने देखा कि वह इंजन चलने लगा और चलने लगा इस तरह कि लोग दाँतों उँगुली काटने लगे। आज भी वह इंजन जुगाकर रखा गया है।

प्रोफेसर ने जो इंजन दिया, वह न्यूकौमेन इंजन कहलाता था। इस इंजन के द्वारा खानों में से पानी खींचा जाता था। वह इंजन ऐसा बना था कि सिलेंडर में भाप पहुँचाई जाती थी, जिसके बल से पिस्टन ऊपर उठ जाता था। फिर एक नली द्वारा सिलेंडर में पानी पहुँचा दिया जाता था, जिससे भाप जम जाती थी, उसका दबाव खत्म हो जाता था। फलत: पिस्टन नीचे की ओर आप-से-आप चला आता था। यों बार-बार सिलेंडर में क्रमश: भाप और पानी पहुँचाने से पिस्टन बार-बार नीचे-ऊपर होता और उससे लगे पंप द्वारा खान का पानी ऊपर उलीच दिया जाता था। वॉट ने देखा कि इस इंजन में सबसे बड़ी त्रुटि यह है कि एक ही सिलेंडर में क्रमश: भाप और पानी ले जाने से बहुत-सा वक्त बरबाद हो जाता है, इसलिए उसने सिलेंडर के दो हिस्से कर दिए—एक वह हिस्सा जहाँ भाप पहुँचकर पिस्टन को ऊपर की ओर ढकेल दे और दूसरा हिस्सा पानीवाला, जो भाप को जमने के लिए लाचार कर पिस्टन को नीचे खींच दे। अब पिस्टन को ऊपर-नीचे ले जानेवाली क्रिया निर्बाध रूप में होने में कोई बाधा नहीं रही। इसे छोटे से परिवर्तन ने ही इस इंजन का कायाकल्प कर दिया। वॉट के बाद भाप के इंजनों में काफी उन्नति की गई है, किंतु जिस सिद्धांत पर वॉट ने अपना इंजन बनाया, वही इन इंजनों का आज तक आधार है।

ऐसे ही अनेक इंजन बनाकर उद्योग-धंधों में क्रांति की जा सकती है, उसने सोचा, किंतु इसके लिए चाहिए कोई रुपएवाला धनी व्यापारी। आखिर ऐसा एक व्यापारी भी मिल गया—बोल्टन उसका नाम था और वह बर्मिंघम का रहनेवाला था। वॉट और बोल्टन की साझेदारी में इस नए इंजन का व्यापार चल निकला, लेकिन इस व्यापार पर कितनों की नजरें गड़ीं। उन्होंने वैसे ही इंजनें बनाकर चुपे-चोरी बेचना शुरू कर दिया।

वॉट को कई बार अदालत जाकर अपने इस आविष्कार की रक्षा का प्रबंध करना पड़ा। वह चिढ़कर कहा करता था कि ये नकलची एक दिन मेरी सूरत-शक्ल की भी नकल करके कहीं अपने को वॉट कहना न शुरू कर दें।

उस समय औजारों की कमी थी, लोहे की ढलाई भी अच्छी नहीं होती थी। वॉट को औजार भी गढ़ने पड़ते थे और ढलाई के बारे में भी सोचना पड़ता था। तो भी उसने हिम्मत नहीं छोड़ी। उसके इंजनों की करामात तब और खुली, जब इंजीनियर ईनिंग ने अलबियम मिल खड़ी की। अब तो बड़ी-बड़ी मिलें भाप के बल चलाई जाने लगीं।

एक दिन एक देहाती औरत कह रही थी—"आह, सभ्यता कैसी बढ़ गई है! अब तो नल से ही घर-घर पानी चला आता है!" वॉट सुन रहा था, उसने कहा—"अभी क्या देखा है, वह दिन दूर नहीं जब इसी तरह घर-घर में आग और रोशनी भी पहुँच जाया करेगी।"

मारडोक नामक व्यक्ति वॉट के संपर्क में आया। उसने गैस का आविष्कार किया और कुछ दिनों के अंदर वॉट की कंपनी गैस के इंजन भी बाजार में लाने लगी और बड़े-बड़े कारखानों में गैस की रोशनी जगमग करने लगी।

वॉट ने लंबी उम्र पाई थी। वह 83 वर्ष की उम्र में मरा। वह जिंदा ही था कि भाप की ताकत से उसी के देश के एक आदमी ने रेल चलाई और वह दिन भी दूर नहीं रहा, जब भाप की ताकत से चलनेवाले जहाज सातों समुद्र को तालाब की तरह रौंदने लगे। इंग्लैंड अपने इस सपूत को नहीं भूला है। वेस्टमिनिस्टर के गिरजाघर में उसकी शानदार मूर्ति है, जिसके नीचे लिखा है—"इसकी प्रतिभा ने देश की उत्पादन-शक्ति को बढ़ा दिया, आदमी की ताकत में पंख लगा दिए, संसार के वैज्ञानिकों में इसका ऊँचा स्थान बना रहेगा और संसार के कल्याणकर्ताओं में इसकी सदा गिनती रहेगी।"

□

रेलगाड़ी

जिसने रेलगाड़ी बनाई, वह धन्य है। यह सुनकर किसे नहीं अचरज होगा कि जिसने यह करामात दुनिया के सामने रखी, वह एक ऐसे गरीब का लड़का था, जिसके घर में पहनने-ओढ़ने या खाने-पीने के पूरे सामान भी न थे। उसका नाम था जार्ज स्टिफेंसन। 9 जून, 1781 को उसका जन्म हुआ था—इंग्लैंड देश के 'न्यूकैसल' शहर में। जार्ज के पाँच भाई-बहन और थे। कमानेवाला उसका एक पिता था, जो कोयले की खान में कुली का काम करता था। बड़ी मुश्किल से गुजर होती थी। रहने के लिए एक ही मकान, जिसमें रसोई-पानी भी होता, घर के सामान भी रखे जाते और सभी लोग सोते भी।

गरीबी के कारण स्टिफेंसन पढ़-लिख नहीं सकता था। बचपन से ही वह भेड़ और गायें चराता। कुछ दिनों के बाद कोयले की एक खान में घोड़े का साईस बना। खान में वह एक कल देखा करता, जिससे खान का पानी ऊपर निकाला जाता था। वह कल भाप के जरिए से काम करती थी। उसे बड़ा अचरज हुआ। वह लड़कपन से ही चतुर और विद्वान् था। उस कल को वह भलीभाँति निहारता, उसके पुर्जों को देखता और मिट्टी से उसकी नकल बनाता। कुछ ही दिनों में वह कल के पुर्जे-पुर्जे को पहचान गया और उसके काम को अच्छी तरह समझ गया। वह उस कल की देख-रेख के लिए नियत कर दिया गया।

किंतु उसकी उत्कंठा दिन-दिन बढ़ने लगी। वह सोचता—क्या कारण है कि कोयला और पानी रख देने से भाप बनती है और वह भाप इस कल में इतनी ताकत ला देती है कि यह हजारों मन पानी फेंक देती है?

वॉट ने भाप की ताकत का आविष्कार कर लिया था। इस विषय की सब बातें पुस्तकों में लिखी थीं, किंतु स्टिफेंसन तो पढ़ना-लिखना जानता नहीं था—उन पुस्तकों को पढ़े तो कैसे! अब उसे पढ़ने-लिखने की जरूरत मालूम पड़ी और वह इस धुन में लग गया।

यद्यपि उसे सुबह से शाम तक काम करना पड़ता था, तो भी छुट्टी पाते ही रात में वह स्कूल दौड़ जाता। वहाँ चित्त लगाकर पढ़ता। यही नहीं, इन कामों से जो कुछ समय

बचता, उसमें जूतों की मरम्मत कर कुछ और पैसे भी कमा लेता, क्योंकि उसी समय वह एक लड़की से प्रेम करने लगा था और विवाह करने के लिए उसे कुछ रुपयों की जरूरत थी, ताकि वह एक छोटी सी झोंपड़ी अलग बना सके।

वह पढ़-लिख गया और रुपए भी बचा सका। उसकी शादी भी हो गई और ईश्वर ने उसे एक बच्चा भी दे दिया, किंतु अफसोस, कुछ दिनों के बाद उसकी प्यारी पत्नी मर गई। स्त्री के मरने पर वह अधिक रुपया कमाने की नीयत से पैदल 'स्कॉटलैंड' गया और वहाँ से एक वर्ष बाद बहुत कुछ लेकर लौटा। किंतु यहाँ आने पर देखा, उसका बाप भी अंधा हो गया है। अब उसको चारों ओर अंधकार दिखाई पड़ने लगा।

किंतु वह कर्मवीर था—भाग्य के नाम पर रोनेवाला, आलसी और निकम्मा नहीं। उसने एक बार एक दूसरी कोयले की खान में नौकरी कर ली। यहाँ पर भी एक कल पानी निकालने के लिए थी, किंतु वह बहुत पुरानी थी—अच्छी तरह काम नहीं करती थी। स्टिफेंसन ने खान के मालिक से कहा कि अगर मुझे आज्ञा दो, तो इस कल को दुरुस्त कर पानी निकाल दूँ। उसकी बात सुनकर सब हँस पड़े। जिस काम को बड़े-बड़े इंजीनियर न कर सके, उसको यह आदमी कैसे कर लेगा! किंतु स्टिफेंसन को बार-बार आग्रह करते देख वे लोग राजी हो गए।

स्टिफेंसन ने कल को खोलकर एक-एक पुर्जा अलग-अलग कर दिया। दो-एक पुर्जे को बदल दिया और फिर जोड़कर कल खड़ी कर दिया। बस, दो ही दिनों में पानी उलीच दिया गया। यह देखकर सभी दंग रह गए। वह अब सब कलों का अफसर बना दिया गया—उसका वेतन भी काफी बढ़ गया।

यहीं पर उसने पहले-पहल रेल का इंजन बनाया। खान से कोयला निकालने के बाद उसे घोड़ागाड़ी से ढोकर बाहर लाया जाता था। उसने अपने मालिक से कहा—"अगर आज्ञा हो तो मैं एक ऐसा इंजन बनाऊँ, जो बिना घोड़े के कोयला ढो सके।" अचरज तो सभी को हुआ, किंतु उसे आज्ञा मिल गई। उसने एक छोटा सा इंजन बना ही डाला, जो खान के अंदर ही लोहे की पटरी पर चलता और पंद्रह सौ मन का बोझ खींच लेता। इस इंजन के बनते ही जार्ज का नाम देश भर में फैल गया। कितने ही खानवाले ऐसा इंजन बना देने का आग्रह करने लगे। उसने पाँच इंजन बनाकर बेचे भी।

जिस समय जार्ज स्टिफेंसन की अवस्था 40 वर्ष की थी, एडवर्ड पीज नामक एक सज्जन रेलगाड़ी बनाने की धुन में थे, किंतु वे लोहे की पटरी पर घोड़ा-गाड़ी हाँकने का इंतजाम कर रहे थे। वह उनके पास आया और बोला—"अगर आपने मुझे आज्ञा दी तो मैं ऐसा इंजन बना दूँ कि जिसमें घोड़े की जरूरत न पड़े और आप-ही-आप तेजी से चले।" पहले तो पीज साहब भी घबराए, किंतु जब खान में आकर उन्होंने उसके द्वारा बनाया छोटा इंजन देखा तो उन्हें विश्वास हो गया। जार्ज को उन्होंने इंजन बनाने का ऑर्डर दे दिया।

अब स्टिफेंसन ने कोयले की खान को सदा के लिए नमस्कार किया और अब तक जमा की हुई अपनी पंद्रह हजार रुपए की पूँजी से रेलगाड़ियाँ और इंजन तैयार करने लगा। उसका काम 27 सितंबर, 1825 ई. (मंगलवार) को खत्म हुआ। हजारों आदमी उस रेलगाड़ी का चलना देखने के लिए 'स्टॉकटन' में इकट्ठे हुए, जहाँ से संसार की वह सबसे पहली रेलगाड़ी रवाना होनेवाली थी। वे लोग सोचते थे कि गाड़ी कभी न चलेगी और हमें हँसने का पूरा मौका मिलेगा। अफसोस! उन्हें ऐसा मौका न मिला।

जार्ज स्टिफेंसन के पहले मरडौक और ट्रोविथिक नामक दो व्यक्तियों ने इंजन के द्वारा चलाई जानेवाली रेलगाड़ी के बारे में कुछ किया था। उनके उपयोगों को भी स्टिफेंसन ने अच्छी तरह समझ लिया। फिर वॉट की तरह उसने प्रयोगों में थोड़ा सा सुधार करके उसे इस असंभव को संभव कर दिया था।

अपने इंजन के ऊपरी हिस्से में उसने भाप बनाने की कल लगा दी थी। उस भाप के जोर से जो पिस्टन आगे-पीछे होता, उसका संबंध इंजन व चक्कों से जोड़ दिया था। पानी उलीचने की कल में पिस्टन ऊपर-नीचे होते, इसमें आगे-पीछे। पानी उलीचने में पिस्टन में लगा पंप पानी खींचता, यहाँ पिस्टन चक्कों को चलने के लिए मजबूर करता। इस इंजन का वजन साढ़े चार टन था और उसके चक्कों का घेरा 4 फीट 8 इंच।

स्टिफेंसन की यह रेलगाड़ी रवाना हुई। वह स्वयं चला रहा था। उनमें छह मालगाड़ियाँ जुड़ी थीं, जिनमें कोयला और आटा लदे थे और एक सवारी-गाड़ी थी, जिसमें ठसाठस आदमी भरे थे। गाड़ी के आगे-आगे एक आदमी घोड़े पर सवार होकर झंडा फहराता जाता था। उस सवार ने सोचा कि वह रास्तेभर अपना घोड़ा आगे-आगे ले जा सकेगा, किंतु थोड़ी ही दूर जाने पर स्टिफेंसन ने उसे हट जाने की सीटी दी और अपनी रेलगाड़ी को तेज कर उससे आगे बढ़ा दिया। रेलगाड़ी खुशी-खुशी दूसरे स्टेशन पर पहुँची, वहाँ माल उतारकर फिर लौटी। लौटकर 'स्टॉकटन' पहुँचने पर देखा गया, छह सौ आदमी गाड़ी पर सवार हैं, जिनमें कोई बैठा है, कोई खड़ा है, कोई लटक ही रहा है—सभी के मुख पर अचरज और आनंद की झलक है।

इसके बाद तो स्टिफेंसन की प्रसिद्धि का ठिकाना न रहा। शीघ्र ही उसे 'मैनचेस्टर' और 'लिवरपूल' के बीच रेलगाड़ी बनाने की आज्ञा मिली। किंतु इसके पहले पार्लियामेंट की आज्ञा लेनी उचित थी। पार्लियामेंट में यह बात पेश होने पर इस विषय में बड़ी-बड़ी बेहूदा बातें कही गई थीं। बड़े-बड़े लोगों ने कहा कि इंजन फट जाएगा और गाड़ियों तथा सवारियों को ध्वंस कर देगा, यदि ऐसा न भी हो तो रेलवे के किनारे के गाँवों में आग तो जरूर लग जाएगी या उसके धुएँ के विष से जानवर मर जाएँगे, इसके ऊपर पंछी मरकर गिर जाएँगे। समाचार-पत्रों ने भी जली-कटी बातें लिखीं, किंतु जनता को रेलगाड़ी पर विश्वास था। स्टिफेंसन ने रेलगाड़ी बनाई, चलाई और वह सफल हुआ।

जो बचपन में भेड़ चराता था, अब उसके दर्शन के लिए दूर-दूर से लोग आते थे। देश-देश के राजाओं ने उसे रेलगाड़ी बनाने के ऑर्डर दिए—वह मालामाल हो गया।

स्टिफेंसन की रेलगाड़ी तो शुरुआत थी—रेलगाड़ी में तब से दिन-दिन उन्नति होती गई है। ज्यादा-से-ज्यादा बोझ ढो सके, इसके लिए इंजन में उन्नति-पर-उन्नति की गई। अमेरिका ने एक ऐसा इंजन बनाया है जो 111 फीट लंबा है और जिसका वजन 450 टन है। उसमें दस जोड़े पहिए लगे हैं और वह 17000 टन बोझ खींच सकता है।

इंजनों की ताकत को चरम सीमा तक पहुँचाने के बाद सुरक्षा और आराम पर ध्यान दिया जाने लगा। इंजनों में जो ब्रेक शुरू में लगे थे, वे त्रुटिपूर्ण थे, फलतः बार-बार दुर्घटनाएँ होती थीं। 1868 में एक अमेरिकन इंजीनियर ने ऐसे ब्रेक का आविष्कार किया जो हवा के दबाव से रेलगाड़ी के सभी पहियों को एक ही साथ चलने से रोक दे। यों ही गाड़ियों के टकराने का भी उन दिनों बहुत खतरा था। इंग्लैंड में एक इंजीनियर ने 1858 में सिगनल की एक ऐसी पद्धति निकाली, जिससे गाड़ियाँ आपस में टकरा नहीं सकें।

प्रारंभ में रेल के जो डब्बे बने थे, उनमें आराम पर कम ध्यान दिया गया था। डब्बे खुले होते थे, जिसमें यात्रियों को इंजन के धुएँ और धूल से काफी कष्ट होता था। इसलिए सबसे पहले आजकल की तरह से कोठरीनुमा डब्बे बनाए गए। फिर उसमें बैठने और लेटने अथवा आराम के लिए तरह-तरह के उपाय किए गए। रात की यात्रा के लिए 'स्लीपिंगकार' का भी प्रबंध किया गया। स्लीपिंगकार पहले-पहल 1858 में अमेरिका के पुलमैन ने बनाई और काफी पैसे कमाए।

बिजली के आविष्कार के बाद बिजली से चलनेवाला इंजन बनाया गया। अपने देश में भी बंबई में बहुत सी ट्रेनें बिजली से चलाई जाती हैं।

□

मोटरगाड़ी

भाप से चलनेवाला इंजन संसार में क्रांति का संदेसा लेकर आया था, इसमें संदेह नहीं। एक लेखक ने कहा कि हमसे कोई पूछे कि अठारहवीं सदी में सबसे बड़ी घटना कौन सी हुई, तो हम फ्रांस की क्रांति या नेपोलियन के उद्‌देश्य का उल्लेख नहीं करके भाप के इंजन का नाम लेंगे, क्योंकि भाप के इंजन ने मुनष्य को प्रकृति पर पूर्ण विजय करने का दरवाजा खोल दिया।

जिस समय कुछ लोग भाप की ताकत से रेलगाड़ी चलाने की बात सोच रहे थे, उसी समय कुछ लोग उससे छोटी-छोटी गाड़ियाँ चलाने की संभावना पर भी गौर कर रहे थे। 1830 से 1860 तक इस संबंध में तरह-तरह के प्रयोग चल रहे थे। जेम्स नामक एक व्यक्ति ने 1829 में एक ऐसी गाड़ी बनाई थी। उसमें भाप से पैदा ताकत को सिलेंडर द्वारा गाड़ी के पिछले चक्के से संबंध करा दिया था। इसका इंजन पीछे था और ड्राइवर आगे बैठा करता था। बीच में यात्री बैठा करते थे। किंतु तब तक भाप की ताकत पैदा करने की क्रिया में काफी उन्नति नहीं हो पाई थी, इससे यह गाड़ी काफी वजनी थी। उसका वजन साढ़े तीन टन था और उसमें पंद्रह मुसाफिर बैठ सकते थे। इंजन में इतनी त्रुटियाँ थीं और सड़क उन दिनों इतनी खराब होती थी कि हर यात्रा के बाद उसमें मरम्मत की जरूरत होती थी।

1836 में वाल्टर हैनकौक नामक एक-दूसरे व्यक्ति ने जो भाप से चलनेवाली गाड़ियाँ बनाईं, वह जेम्स की गाड़ी से कुछ अच्छी थीं। उसके इंजन में ऐसे उपाय कर दिए गए थे कि दबाव के कारण भाप की ताकत बढ़ गई थी और धुआँ बाहर निकलना बंद हो गया था। उसने ऐसी नौ गाड़ियाँ बनाईं और लंदन से पैडिंगटन तक की आमदरफ्त के लिए एक बाजाप्ता कंपनी बना ली थी। हैनकौक की सफलता ने बहुत से लोगों का ध्यान इस उद्योग की ओर आकृष्ट किया। ऐसी गाड़ियों का ताँता सा सड़कों पर चलता दिखाई पड़ने लगा, किंतु उन गाड़ियों के कारण सड़कों पर इतनी दुर्घटनाएँ होने लगीं

कि 1861 में इंग्लैंड की पार्लियामेंट ने एक कानून बनाकर ऐसी गाड़ियों का आम सड़कों पर चलना रोक दिया। फलतः इंग्लैंड में इस प्रकार की गाड़ियों की उन्नति का पथ बहुत दिनों तक अवरुद्ध हो गया।

किंतु फ्रांस, जर्मनी ओर अमेरिका में इस संबंध के प्रयोग चलते रहे। इन गाड़ियों की सबसे बड़ी असुविधा यह थी कि इनके चलाने के लिए बहुत बड़े परिमाण में कोयला और पानी इंजनों के साथ ही ढोना पड़ता था। किंतु 1861 में जब पहले-पहल पेट्रोलियम का पता लगा, तब ऐसी गाड़ियों के लिए एक नया युग प्रारंभ हो गया। अब पेट्रोलियम को जलाकर ही भाप बनाने की क्रिया शुरू की गई। फ्रांस इस दौर में सबसे आगे रहा। रेवेल और बोली नामक फ्रांसीसी वैज्ञानिकों ने काफी प्रगति कर दिखाई। 1874 में बोली ने एक ऐसी मोटरकार बनाई जो दस यात्रियों को लेकर प्रति घंटा 25 मील की दर से यात्रा कर सकती थी। इस गाड़ी का इंजन भी पीछे की ओर था, जिसकी देखभाल के लिए एक व्यक्ति रहा करता था, जिसे फ्रांसीसी भाषा में 'शोफर' कहते थे। वह 'शोफर' शब्द आज तक मोटरकार के साथ संबद्ध है। बोली के अनुकरण पर अमेरिका में भी इस ढंग की गाड़ियाँ बनीं।

जर्मनी के डॉक्टर ओटो नामक एक वैज्ञानिक ने इंजन के बारे में एक क्रांतिकारी आविष्कार किया। उसने भाप के बदले गैस द्वारा इंजनों के चलाने का प्रबंध किया। तब से भाप पर गैस का बोलबाला हुआ। वहीं के कार्लवेज ने ऐसी गाड़ियों में पहले-पहल तारवाले चक्के और रबड़ के टायर का प्रयोग किया। इंजन को पीछे से हटाकर ड्राइवर की सीट के नीचे रखने का नया प्रयोग भी उसने किया। इससे मोटरगाड़ियों के वजन और गति में काफी प्रगति आई। दो फ्रांसीसी कारीगर—पानहार्ज और लेवत्शकर—ने इंजन को, आजकल की तरह, ड्राइवर से भी आगे रखने के बारे में कल्पना की और गाड़ी के ऊपरी ढाँचे को अलग से तैयार कर स्प्रिंग के आधार पर चक्कों के ऊपर बैठाया जिससे बैठनेवालों को जोरों के हिलडुल से बहुत आराम मिला। उसने अपनी मोटरगाड़ियों का एक प्रदर्शन पेरिस में 1894 में किया था।

किंतु, मोटरगाड़ियों को सर्वसाधारण के लिए सुलभ बनाने का श्रेय तो अमेरिका को मिलना था। वहाँ के वैज्ञानिकों और कारीगरों का ध्यान भी इस ओर प्रारंभ से था। कई तरह की मोटरगाड़ियाँ वहाँ बनाई गईं। कई कंपनियाँ खोली गईं जिन्होंने काफी पैसे कमाए। किंतु इन सबमें बाजी मार ली हेनरी फोर्ड ने। उसने अपनी पहली मोटरगाड़ी का प्रदर्शन 1893 में किया। यह मोटर बग्गी की शक्ल की थी। उसमें सीट के नीचे दो सिलेंडरवाला इंजन लगा था। इस पर सिर्फ एक आदमी सवार हो सकता था और 25 मील प्रति घंटे की रफ्तार से यह चल सकती थी।

मोटरकार में दिन-दिन उन्नति हो रही है। यह उन्नति किसी खास व्यक्ति द्वारा

नहीं होकर अब सामूहिक रूप में हो रही है। 1911 में चार्ल्स केटरिंग ने एक ऐसी तरकीब निकाल दी कि यह आप-से-आप चलने लगे। सिलेंडरों की तादाद बढ़ाकर और पिस्टन की छड़ की लंबाई कम करके इंजन की गति में नजाकत और नफासत ला दी गई। रबड़ के टायर और तारवाले चक्कों में भी तरह-तरह के सुधार कर दिए गए हैं। 1920 से गाड़ी की 'बॉडी' टँकी हुई बनने लगी। ब्रेक में भी तरह-तरह के सुधार कर दुर्घटनाओं की संख्या में कमी कर दी गई है। अब पूरी फौलाद की गाड़ियाँ बन गई हैं, जो किसी भी तरह टूट-फूट नहीं सकतीं।

पहले मोटरगाड़ी की शक्ल बग्गी की तरह की होती थी। सीट को नीचे किया गया और आगे के हुड को लंबा कर दिया गया। पहले उसका सारा ढाँचा जमीन से बहुत ऊँचा रहता था। अब वह ऐब भी दूर कर दिया गया है। जो नए ढंग की मोटरगाड़ियाँ तैयार की जा रही हैं उनकी गति क्षिप्रतर होती जा रही है, उनके आकार में सुघड़ता आ रही है। दुर्घटनाओं से बचने के लिए तरह-तरह के उपाय किए जा रहे हैं और आराम और ऐय्याशी का तो कोई ठिकाना नहीं है। कीमत में सस्तापन लाने के लिए भी चेष्टाएँ जारी हैं। वह दिन दूर नहीं, जब संसार में शायद ही कोई परिवार रहे जिसके पास मोटरगाड़ी न हो।

□

जहाज

मनुष्य ने जिस प्रकार पृथ्वी पर रेलगाड़ी द्वारा विजय पाई, उसी प्रकार समुद्र पर विजय पाने के लिए उसने जहाज का आविष्कार किया।

भाप के बल से चलनेवाले जहाजों के बनने से पहले समुद्रों और नदियों में बड़ी-बड़ी नावों द्वारा आवागमन होता था। वे नावें मजबूत लकड़ियों की बनती थीं। बड़े-बड़े ऊँचे मस्तूल और लंबे-चौड़े पाल उन पर लगे रहे थे। किंतु चाहे कितनी भी बड़ी और मजबूत नाव क्यों न हो, लंबी यात्रा के लिए उसे हवा के रुख पर निर्भर रहना पड़ता था। उसकी चाल भी धीमी होती थी—आँधी-बवंडर का डर तो उससे पल-पल रहता था।

वाट द्वारा भाप की शक्ति का आविष्कार किए जाने पर कुछ लोगों का ध्यान इस ओर गया कि नावें भी क्यों न भाप के बल चलाई जाएँ। इस विचार को लेकर कितने ही मनुष्य काम करने लगे, किंतु यह कहना कठिन है कि पहले-पहल सफलता किसको मिली। स्पेनवालों का कहना है कि उनके देश के 'ब्लास्को-डि-प्रे' नाम के नमुष्य ने 1543 ई. में भाप से चलनेवाले जहाज का आविष्कार किया। किंतु फ्रांसवालों का कहना है कि 'डैनिस-पैपिन' नामक एक परिश्रमी बुद्धिमान व्यक्ति ने जहाज का पहले-पहल आविष्कार किया। वह सत्रहवीं शताब्दी में जन्मा था। यद्यपि 'डैनिस-पैपिन' को यह श्रेय देने में कुछ लोग आपत्ति करते हैं, तथापि इसमें संदेह नहीं कि उसके प्रयत्न भी जहाज के आविष्कार में एक खास स्थान रखते हैं।

1736 में इंग्लैंड के जोनाथन-हौल्स नामक एक विद्वान् ने एक जहाज पेटंट कराया, किंतु यथार्थ काम उसके कई वर्षों बाद हुआ। मारस्विसडि जौफरे नामक एक फ्रांसीसी, जिसका जन्म 1751 ई. में हुआ, अपनी 36 वर्ष की अवस्था में जहाज बनाने के काम में लगा। उसने पैपिन के विचारों को सामने रख, काम शुरू किया और आठ वर्ष के अंदर ही तीन जहाज बना डाले। पहला जहाज 40 फीट लंबा था, किंतु यथार्थ सफलता उसको तीसरे जहाज में ही मिली। वह पूरी सफलता प्राप्त कर लिया होता

अगर उसी समय फ्रांस की इतिहास-प्रसिद्ध क्रांति न हुई होती। उस क्रांति में वह अपना काम बंदकर, जान बचाने को अमेरिका भाग गया और जब वहाँ से लौटा तो देखा, दूसरे उसकी पद्धति काम कर सम्मान पा रहे हैं। उसे बड़ा दुःख हुआ और सन् 1832 में वह मर गया।

इसी समय अमेरिका के दो विद्वान् इंजीनियर जेम्स रैमजे और जोन फिच इस विषय में कुछ प्रयोग कर रहे थे। इनमें 'रैमजे' का नाम मुख्य है। उसने 1790 में एक जहाज बनाया था जिसकी बगल में भाप से चलनेवाले चक्के लगे हुए थे। उस जहाज पर कुछ मुसाफिरों ने सफर किया था। जिस समय वह अमेरिका से फ्रांस आया, ठीक उसी समय जौफरे फ्रांस से अमेरिका भाग रहा था और जौफरे के समान ही फ्रांस की क्रांति ने उसको भी बरबाद कर डाला, वहाँ से वह भूखा-प्यासा अमेरिका लौटा और निराश होकर आत्महत्या कर ली।

यद्यपि इस संबंध में अब तक बहुत आदमी काम करते रहे, किंतु जहाज को व्यापारिक रूप देने का अधिकांश श्रेय 'रॉबर्ट फल्टन' को ही दिया जाता है। इसका जन्म अमेरिका में 1765 ई. में हुआ था। यह बड़ा ही तेज दिमाग का आदमी था। इसने बहुत से छोटे-बड़े आविष्कार किए थे—खेत पटाने की कल, संगमरमर काटने-छाँटने की कल, रस्सी बाँटने की कल आदि कितनी ही कलों का आविष्कार किया था। कहते हैं, रैमजे ने इसको अपना विचार बतलाया था और अनुरोध भी किया था कि इस ओर प्रयत्न करो। भाप से चलनेवाला इंजन की देखभाल के लिए वह इंग्लैंड गया। वहाँ वॉट से मिला। उसने वॉट के इंजन की सारी कारीगरी को अच्छी तरह समझ लिया। फिर कानूनी दिक्कतों के कारण बड़ी मुश्किल से वह एक इंजन लेकर अमेरिका लौटा।

अमेरिका पहुँचकर उसने एक बार नए ढंग का जहाज बनाया। अब तक लोग इंजन को आगे या पीछे रखते थे। उसने इंजन को बीच में रखा। इंजन से जो भाप की ताकत पैदा की जाती थी, वह जहाज के बगल में लगे पैडल के चक्के को चला देती थी। इस पैडल में चक्के लगे थे, वे पानी को काटते जाते थे और जहाज आगे बढ़ता जाता था। पहली बार जो जहाज बनाया, उसमें पैडल का यह चक्का खुला हुआ था, जिससे पानी के छींटे जहाज पर आ जाते थे। पीछे उस चक्के को ढक दिया गया। यों ही पहले यात्रियों के बैठने के लिए डेक भर बना दिए गए थे। अब डेक पर केबिन बना दिए गए, जिसमें यात्री आराम से बैठ सकें, खा-पी सकें, स्नान कर सकें, और सो सकें।

फल्टन का यह जहाज आधुनिक जहाजों का सही रूप में पूर्वज था। फल्टन के सिद्धांतों पर ही आज तक जहाज बनाए जा रहे हैं। इन जहाजों के व्यापारिक उद्योग की नींव भी फल्टन ने ही डाली थी। उसी ने पहले-पहल एक जहाजी कंपनी खोली और न्यूयॉर्क से अलबानी तक नियमित रूप से यात्रियों को ढोने का काम शुरू किया। डेढ़ सौ

मील की यात्रा का भाड़ा उसने सात डॉलर रखा था। 1812 की लड़ाई के समय उससे युद्ध-जहाज बनाने को अमेरिका की सरकार ने कहा था। उसने इस संबंध में कुछ काम भी किया था। किंतु उसकी मृत्यु 1815 में हो गई।

किंतु, जहाज बनाने के क्षेत्र में कुछ और व्यक्तियों के नाम भी उल्लेखनीय हैं। फल्टन के 19 वर्ष पहले स्कॉटलैंड-निवासी सिमिंगटन नामक एक चतुर कारीगर ने जहाज बनाया था। इसने पहले-पहल भाप से चलनेवाला एक ऐसा इंजन बनाया था जो सड़कों पर चल सके। उसके बाद एक रईस के लिए एक जहाज बनाया था। इसका दूसरा जहाज फोर्थ और क्लाइट नदियों की नहरों में, प्रचंड आँधी के बहते रहने पर भी, चार हजार मन बोझ लादे बीस मील तक मजे से जा सका। यह जहाज फल्टन के जहाज से पाँच वर्ष पहले बन चुका था। फल्टन ने भी इस जहाज को देखा और इसकी दो-एक बातों को अपनाया, किंतु सिमिंगटन अपना कार्य आगे न बढ़ा सका, क्योंकि नहर के मालिकों ने कहा कि ऐसे जहाजों से नहर खराब हो जाएगी।

सिमिंगटन के बाद हेनरी-वेल नामक एक स्कॉटलैंड निवासी ने इस काम में हाथ डाला। वह सिमिंगटन के कारखाने में काम कर चुका था और उसके मन में यह निश्चय हो चुका था कि सफलता हो सकती है। बहुत दिनों तक वह अंग्रेजी सरकार से कहता रहा कि मुझे मदद कीजिए, तो बड़े-बड़े जहाज बना दूँ, किंतु किसी ने इसपर ध्यान नहीं दिया—लोग उसको बेवकूफ समझते रहे। आखिर कुछ रुपए इकट्ठा करके वह स्वयं जहाज बनाने लगा और 1812 ई. में उसने 'फौमेट' नामक एक जहाज तैयार किया। यह जहाज क्लाइड नदी में पहले-पहल चलाया गया। जब यह भक-भक-भक करता, धुआँ और चिनगारियाँ निकालता, हवा और धारा के विरुद्ध चलने लगा, तब लोगों ने समझा कि यह कोई राक्षस है, जब यह किनारे पहुँचा, लोग डरकर भागने लगे।

बेल की सफलता ने लोगों की आँखें खोल दीं और धड़ाधड़ नए-नए जहाज बनने लगे। स्कॉटलैंड में तो और भी उत्साह फैला। टेम्स, सेवर्न, क्लाइड आदि नदियों में जहाज चलने लगे। यहाँ तक कि 1818 ई. में एक जहाज ग्लासगो से बेलफास्ट तक, समुद्र पार करता हुआ पहुँचा। अब तो बड़ी-बड़ी यात्राओं के लिए मंसूबे बाँधे जाने लगे। 1818 ई. में ही एक जहाज अमेरिका से इंग्लैंड तक लाया गया—यद्यपि इसमें भाप से चलनेवाला एक इंजन भी था, किंतु अधिकांश दूरी उसने पाल के सहारे ही पार की। यथार्थ में एटलांटिक महासागर पार करने का पहला श्रेय दो अंग्रेजी जहाजों को है। 1838 में ये दो जहाज न्यूयॉर्क पहुँचे। उनमें एक का नाम था 'ग्रेट वेस्टर्न' और दूसरे का 'सिरियस'। सिरियस तीन दिन पहले चला था, पर 'ग्रेट वेस्टर्न' के बड़ा और मजबूत होने के कारण दोनों एक ही दिन पहुँचे। ग्रेट वेस्टर्न की इस यात्रा में केवल 14 दिन लगे थे।

दिन-दिन जहाज में उन्नति होती गई। पहले काठ का जहाज बनाया जाता था। काठ की जगह लोहे और फिर फौलाद ने ली। इंजन में भी दिन-दिन उन्नति होती गई।

कम-से-कम कोयला खर्च करे, ज्यादा-से-ज्यादा ताकत पैदा करनेवाले इंजन बनते गए। बगल में लगे पैडल के चक्कों को भी कुछ दिनों के बाद तिलांजलि दे दी गई। नदियों में तो ऐसे चक्केवाले जहाज काम के साबित होते रहे, किंतु समुद्र में इनसे काम नहीं चल सका। अब इनकी जगह पर घिरनीदार प्रोपेलर द्वारा जहाजों को चलाया जाने लगा। इन नए साधनों से युक्त सबसे बड़ा जहाज 1844 में बनाया गया, जिसे व्रिस्टल के कारीगरों ने बनाया था। यह जहाज 322 फीट लंबा था और इस पर 3440 टन माल ढोया जा सकता था। चार सिलेंडर की 200 घोड़ों की ताकतवाला इंजन इसमें लगा था और इसकी रफ्तार प्रति घंटे 12 नौट थी।

किंतु, जहाज की उन्नति का कारवाँ यहाँ ही रुकनेवाला नहीं था। बीसवीं सदी ने जहाज की उन्नति में कमाल कर दिखाया। 1905 में ही एक ऐसा जहाज तैयार किया जा चुका था, जिसका इंजन 68,000 घोड़े की ताकत पैदा करता, जो 31,9000 टन माल ढोता और जिसकी रफ्तार 25 नौट प्रति घंटा थी।

अब तो जहाजों ने संसार की सारी नदियों, समुद्रों और महासमुद्रों को नाप डाला है। अब ऐसे जहाज बन गए हैं जिन पर आराम के सारे साधन हैं, खेल-कूद के बड़े-बड़े मैदान भी हैं। जहाजों को लड़ाई के उपयोग के लिए नए ढंग से बनाया गया है। अब ऐसे जहाज बने हैं जो अभेद्य हैं। द्वितीय विश्व युद्ध ने लड़ाई के जहाजों में बड़ी-बड़ी उन्नति कर दिखाई है।

□

पनडुब्बा जहाज

इंग्लैंड से सटा हुआ आयरलैंड नामक टापू है। उसके काउटिक शायर नामक प्रांत में एक नौजवान था। वह गरीब लड़का था—अधिक पढ़ा-लिखा नहीं था। एक स्कूल में मामूली मास्टर का काम करके अपनी रोजी-रोटी चलाता था। उसका नाम था जान पी. हौलैंड। यही नौजवान पनडुब्बा जहाज का पिता है।

पनडुब्बा जहाज का नाम हमारे देश में जर्मनी की पहली लड़ाई के समय सन् 1914 में सुना गया था। यह बड़ा ही भयंकर जहाज होता है—पानी के नीचे-ही-नीचे चलता है और छिपे-छिपे शत्रु के जहाज के निकट पहुँचकर उसे तहस-नहस कर चलता बनता है।

जान पी. हौलैंड ने जब पहले-पहल पनडुब्बा जहाज बनाने की कल्पना की और रात भर जग-जगकर बहुत सोच-विचार के बाद अपनी कल्पना के अनुसार एक नक्शा भी तैयार किया, तब उसकी बातों पर हम लोगों ने खूब खिल्ली उड़ाई और उसके पिता तक ने उसे पागल समझा।

सभी देश और सभी समय में नई बातों की खोज करनेवाले, आविष्कार करनेवाले, पागल समझे जाते हैं। पहले उनकी बातों की दिल्लगी उड़ाई जाती है। वे तंग भी किए जाते हैं, किंतु अंत में दुनिया को उनके सामने घुटने टेकने पड़ते हैं—यही नियम है।

हौलैंड ने जब देखा कि अपने देश में मेरे आविष्कार को समझनेवाला और उसे काम में लाने में मदद देनेवाला कोई नहीं है, तब वह अमेरिका चला। उस बीस वर्ष के नौजवान में अपने काम के प्रति ऐसी धुन थी।

हौलैंड अमेरिका पहुँचा—उत्साह और हौसले लेकर, किंतु वहाँ भी निराशा और दिल्लगी का राज्य पाया। वहाँ के कई पत्र-संपादक उससे मिलने आए। उसने अपना नक्शा उन्हें दिखलाया, किंतु उनके बड़े दिमाग में उसकी बारीक बातें न घुस सकीं। उन्होंने भी उसे पागल करार दिया—घर का पगला भी 'पगला' नाम से पुकारा जाने लगा।

किंतु, ऐसे बुद्धिमान 'पागल' अपनी धुन के पक्के होते हैं। लोगों की हँसी-दिल्लगी, तिरस्कार और फटकार को सहते हुए भी वे अपना काम किए जाते हैं।

हौलैंड के पास रुपए थे नहीं—गरीब का लड़का था, अमेरिका में मास्टरी करनी शुरू की। कुछ रुपए जमा कर लेने पर उसको फिर वही धुन सवार हुई। अपने हाथ से काठ का एक छोटा सा पनडुब्बा जहाज बनाना शुरू किया। उसका रूप-रंग सिगरेट के जैसा था। भीतर एक पेट्रोल-इंजन लगा था। उसे उठाकर एक तालाब में लाया। अफसोस! काठ का बना होने के कारण उसके भीतर पानी पहुँचने लगा, पेट्रोल इंजन भी ठीक से काम न कर सका। पनडुब्बा जहाज का यह नमूना बेकार साबित हुआ। इस पागलपन को देखने के लिए भीड़ इकट्ठी हुई थी, उसने ताली पीटनी शुरू की। हौलैंड के लिए रास्ता चलना मुश्किल हो गया। अपमान, तिरस्कार और लज्जा से पागल हौलैंड ने उसे तोड़-फोड़कर वहीं सड़ने को छोड़ दिया।

किंतु उसे अपनी कल्पना पर विश्वास था। उस काठ के नमूने के बनाने के बाद उसके मन में यह बात जम गई कि अगर यह धातु से बनाया जाए और अच्छा पेट्रोल-इंजन लगाया जाए तो पनडुब्बा जहाज जरूर तैयार हो सकता है।

उसे एक सुयोग मिल गया। आयरलैंड के कुछ लोग उस समय अमेरिका में रहते थे। वे लोग अंग्रेजी सरकार के विद्रोही थे, और किसी प्रकार उसे नेस्तनाबूद करने पर तुले थे। अंग्रेजी के जंगी बेड़े संसार भर में प्रसिद्ध हैं—अंग्रेज लोग अपने जहाज के बल पर ही एक तिहाई पृथ्वी के राजा हैं। वे लोग किसी तरह इन जहाजों को नष्ट करने पर तुले थे। हौलैंड उनसे मिला, अपना नक्शा उन्हें दिखलाया और उन्हें विश्वास दिलाया कि मेरा पनडुब्बा जहाज अगर तैयार हुआ, तो बात-बात में अंग्रेजों के बेड़े नष्ट हो जाएँगे।

विद्रोही दल के पास लगभग सवा दो लाख रुपए थे—ये रुपए हौलैंड के सुपुर्द किए गए। बहुत दिनों की अभिलाषा पूरी होने जा रही थी। जिसके कारण 'पागल' नाम पाया था, हजार-हजार फटकार और तिरस्कार सहे थे, उसे कार्यरूप में परिणत करने का मौका मिला है। यह सोच-सोचकर वह खिल उठता। बड़े उत्साह और परिश्रम से उसने काम शुरू किया। आखिर पनडुब्बा जहाज तैयार हो गया, किंतु पूरी सफलता नहीं मिली। वह आसानी से पानी के भीतर चल सकता था और मजे से पानी के ऊपर लाया जा सकता था। इसके अतिरिक्त उसके भीतर साँस लेने के लिए हवा का काफी प्रबंध था। इतना होने पर भी कई दोष थे, जिनके दूर किए बिना उसे काम में लाना गैरमुमकिन था।

हौलैंड उन्हें भी दूर करने में लगा। उस पनडुब्बा को देखकर ही विद्रोही दलवालों को विश्वास हो गया कि सफलता अवश्य मिलेगी। उन्होंने रुपए एकत्र कर उसे दूसरा पनडुब्बा जहाज बनाने का आदेश दिया। दूसरा पनडुब्बा जहाज भी तैयार हुआ—

बिलकुल चुस्त-दुरुस्त। देखकर सभी दंग रह गए। जो अब तक उसकी दिल्लगी उड़ाते थे—वे आँखें फाड़-फाड़कर उसे देखने लगे। अखबारवाले भी चुप न रह सके। इस आविष्कार से समुद्री लड़ाई में युगांतर मचेगा—इसकी कल्पना-जल्पना होने लगी।

किंतु, उसी समय एक दुर्घटना हुई जिसके कारण हौलैंड का सब किया-कराया मिट्टी में मिल गया। उस विद्रोही दल में फूट हो गई। सदस्य एक-दूसरे के दुश्मन बन गए। उन्हीं में से कुछ लोगों ने उस पनडुब्बे को लेकर किसी अनजान स्थान में छिपा दिया। हौलैंड के सिर पर मानो वज्र गिरा, वह कुछ सोच न सका, शिथिल हो गया—काटो तो खून नहीं।

कुछ दिनों तक हौलैंड चुपचाप बैठा रहा। उसका दिल टूट गया था। इधर यूरोप के कुछ वैज्ञानिक भी पनडुब्बा बनाने की चेष्टा में लगे थे और अपने राज्य की सहायता पाकर कुछ-कुछ सफलता भी पा रहे थे। अब इसकी खबर अमेरिकावालों को मिली, तो वहाँ के राज्य की ओर से घोषणा हुई कि देश भर के लोग इस बात पर विचार करें और अपना-अपना नक्शा राज्य को भेजें। हजारों नक्शे पेश किए गए। लोगों के अचरज का ठिकाना न रहा, जब खबर लगी कि हौलैंड का नक्शा ही राज्य को पसंद है।

अमेरिका राज्य की ओर से हौलैंड को बुलाहट आई। वह राज्य की ओर से, अपने नक्शे के मुताबिक, पनडुब्बा जहाज बनाने के लिए भरती किया गया। उसकी मदद के लिए बड़े-बड़े इंजीनियर दिए गए। किंतु इंजीनियर उस अनपढ़ नौजवान से ईर्ष्या करने लगे। वे लोग बात-बात में बाधा डालते, उसकी बात को वे चुटकी में उड़ा देते और उस पर अपनी योग्यता का रोब जमाते। इसी बीच वह बीमार पड़ गया और इंजीनियरों को मनमानी करने का मौका मिला। इसलिए जो पनडुब्बा जहाज तैयार हुआ, वह बिलकुल बेकार साबित हुआ। उसे देखते ही हौलैंड इंजीनियरों को गाली देने लगा और राज्य के अफसरों को उनकी छेड़खानी और शैतानी की बातें कह सुनाईं। पहले तो सबों ने हौलैंड को ही दोषी समझा, किंतु जाँच करने पर उसकी एक-एक बात सच साबित हुई। वह कलंक से बेदाग बच गया।

असफलता का बार-बार विकट प्रहार होने पर भी हौलैंड का उत्साह कम न हुआ। इस बार उसने एक कंपनी खड़ी की तब तक उसकी खूब प्रसिद्धि हो गई थी। काफी रुपए मिल गए थे। अपनी इच्छानुसार वह काम करने लगा। 1898 ई. में काम शुरू हुआ। थोड़े ही दिनों में पनडुब्बा जहाज तैयार हो गया। उसकी लंबाई 54 फीट और मुटाई 11.5 फीट थी। वह 70 टन भारी था। पचास घोड़ों की ताकत की मोटर से चलाया जाता था। उसी में दुश्मन के जहाज को बरबाद करने के लिए 'टारपीडो' चलाने की कल लगी थी। टारपीडो छोड़ते ही बहता-बहता दुश्मन के जहाज के निकट जाता और वहाँ ऐसा धड़ाका मारता कि जहाज की पेंदी फट जाती, वह डूब जाता। वह

पनडुब्बा जहाज इतनी तेजी से डूबता-उतराता, घूमता-फिरता और चक्कर लगाता कि देखनेवालों को जादू सा मालूम पड़ता।

हौलैंड की इच्छा पूरी हुई। अमेरिका की सरकार ने उस पनडुब्बा को साढ़े चार लाख में खरीदा और फिर छह नए जहाज बनाने का हुक्म हुआ। यूरोप के इंग्लैंड आदि तथा एशिया के जापान आदि देशों के प्रतिनिधि हौलैंड के पास दौड़े हुए पहुँचे और खूब रुपया देकर पनडुब्बे का नक्शा और उसके बनाने के तरीके खरीदे। हौलैंड लखपति हो गया। उसकी कंपनी के हिस्सेदार मालामाल हो गए। किंतु उसके आविष्कार से दुनिया तबाह हो गई। जर्मनी की पहली लड़ाई में ही हजारों जानें और अरबों की संपत्ति उसी के द्वारा नष्ट हुई। हौलैंड अपने आविष्कार का फल अपनी आँखों से न देख सका—जर्मनी-युद्ध शुरू होने के दूसरे ही सप्ताह वह मर गया।

यहाँ संक्षेप में हम जान लें कि पनडुब्बा जहाज का मूलभूत सिद्धांत क्या है। सबसे पहली बात तो यह है कि सब पनडुब्बा जहाज पानी के ऊपर ही चलने को बनाए जाते हैं। पानी के ऊपर चलने में खर्च कम पड़ता है और गति में क्षिप्रता रहती है। पानी के नीचे उसे तभी ले जाते हैं, जब उसकी विशेष आवश्यकता होती है—दुश्मनों की नजरों से छिपना होता है या उनके प्रहारों से बचना होता है। दो-तीन मिनट के अंदर ही पनडुब्बा जहाज पानी के नीचे चला जाता है। हर पनडुब्बा जहाज के नीचे एक हौज रहता है। इस हौज से पानी हटा देने पर पनडुब्बा जहाज हलका हो जाता है और ऊपर चला आता है। जब उसे नीचे ले जाना होता है तो हौज का मुँह खोल देते हैं, वह भर जाता है और जहाज को डुबो देता है। हौज के भरने में एक मिनट लगता है। किंतु इंजन के काम करने और उसे सावधानी के साथ नीचे ले जाने में दो मिनट के लगभग लग जाते हैं।

फिर पनडुब्बा जहाज सिर्फ दो-तीन सौ फीट ही पानी के नीचे जा सकता है, किंतु साधारणतः तो वह साठ-सत्तर फीट के नीचे ही आता-जाता है। सबमेरीन की दीवार जितनी मोटी होगी, उसी हिसाब से वह पानी के अंदर जा सकता है। तीन सौ फीट पानी के नीचे जाने के लिए सबमेरीन की दीवार प्रति इंच 150 पौंड की होती है। इससे भारी दीवार बनाना बहुत ही कठिनाई पैदा कर देता है। इसलिए ज्यादा-से-ज्यादा तीन सौ फीट के नीचे ही पनडुब्बा जहाज को ले जाया जाता है।

पनडुब्बा जहाज को समझने के लिए मछली को समझ लेना चाहिए। मछली का गलफड़ ऐसा होता है, जिसमें वह हवा भर लेती है। इस हवा के कारण वह पानी में तैरती रहती है और उसकी पूँछ या बगल के चोंयटे उसे मनमानी दिशा में ले जाते हैं।

पनडुब्बा जहाज का आकार लंबे अंडे का सा होता है। वह या तो दो टुकड़ों में होता है, जो जुड़े होते हैं, या एक ही बड़े टुकड़े में। वह ऐसा बना होता है कि उसके

भीतर पानी नहीं पहुँच सके। भीतर इंजन होता है, जो पानी के ऊपर गैस के द्वारा और पानी के भीतर बिजली की बैटरियों द्वारा चलाया जाता है। सबमेरीन में पेरिस्कोप नामक यंत्र लगा होता है जिससे पानी में भी देखा जा सके। जब तक वह पानी में है, तब तक के लिए हवा का ऐसा प्रबंध भीतर ही रहता है कि उसके चालकों या यात्रियों को साँस लेने में कष्ट नहीं होता। बैटरियों से ही भीतर रोशनी की जाती है। टेलीफोन का भी इंतजाम भीतर में रखा जाता है।

पनडुब्बा जहाज का छोटा भाई है टारपीडो। टारपीडो की लंबाई ज्यादा-से-ज्यादा बीस फीट की होती है। उसमें तरह-तरह के संहारक सामान भरे होते हैं। दुश्मन के जहाज की दिशा से छोड़ते ही वह बड़े वेग से बढ़ता और उससे स्पर्श होते ही भयानक रूप से विस्फोट कर जाता है।

□

हवाई जहाज

थल पर, जल पर विजय प्राप्त करने के बाद आदमी का ध्यान आकाश पर विजय प्राप्त करने की ओर गया। जब से मनुष्य का अवतार हुआ, उसने आकाश में पंछियों को उड़ते देखा, तभी से उसके हृदय में उड़ने की आकांक्षा हुई, लेकिन उड़ा जाए तो कैसे?—यह प्रश्न रहा। उसने अपनी बाँहों को पंख बनाने की कल्पना की, किंतु कल्पना से सत्य का सामना कहाँ तक किया जा सकता था।

आकाश में उड़ने के लिए सबसे पहला प्रयोग गुब्बारों के द्वारा किया गया। फ्रांस के रहनेवाले 'मौंट-गोल्फायर' नाम के दो भाई थे। उन्होंने 1783 में एक बड़ा सा गुब्बारा बनाया। उस गुब्बारे का घेरा 35 फीट था। कई छोटे-छोटे गुब्बारों को जोड़कर उसे बनाया गया था। उन गुब्बारों में गरम हवा भर दी गई थी जिससे वह साधारण हवा से बहुत हलके हो गए थे। भीतर के गुब्बारे कागज के थे और उन्हें पतले कपड़े से ढक दिया गया था। इस बड़े गुब्बारे का वजन लगभग चार मन था, और यह 6000 फीट तक ऊपर उड़ा था और डेढ़ मील की दूरी तय कर ली थी।

मौंट-गौल्फायर की इस सफलता पर लोगों को बहुत आश्चर्य हुआ था और तब से फ्रांस में गुब्बारों को बनाने और उड़ाने की एक सनक सी सवार हो गई थी। रोजियर नामक दूसरे फ्रांसीसी ने ऐसा गुब्बारा बनाया, जिस पर वह खुद भी उड़ता, और लोगों को उड़ाता था। दो वर्षों के अंदर 50 आदमियों को उसने अपने गुब्बारे पर उड़ाया था। किंतु बेचारे रोजियर की मृत्यु इसी दुस्साहसिकता में हो गई। एक बार वह इंगलिश चैनल पार कर, गुब्बारे से इंग्लैंड पहुँचने की कोशिश कर रहा था कि बीच समुद्र में वह गिर गया और मर गया।

गुब्बारे से उड़ने में सबसे बड़ी दिक्कत यह थी कि वह तो हवा के झोंके से ही इधर-उधर जा सकता था। गुब्बारे के ऊपर जाने पर उसकी दिशा आदमी के हाथ में नहीं रह जाती थी। गुब्बारे के इस दोष को दूर किया 1852 में हेनरी जिफार्ड नाम के

एक फ्रांसीसी ने। उसने सिगार की शक्ल का गुब्बारा बनाया, उसमें गैस भर दी, जो हवा से बहुत ही हलकी होती है। यह गुब्बारा 150 फीट लंबा था और उसका घेरा 40 फीट था। गुब्बारे के नीचे उसने भाप से चलनेवाला इंजन लगा दिया था और उसे ऊपर ले जाने के लिए घिरनीदार 'प्रोपेलर'। इस गुब्बारे को लेकर वह आकाश में उड़ा और तेज हवा के प्रतिकूल भी सात मील की रफ्तार से उड़कर लोगों को चकित कर दिया। किंतु, सैंटो डुमौंट नाम के एक-दूसरे व्यक्ति ने हेनरी को ही नहीं छका दिया, सारे संसार को चकित-विस्मित कर दिया। उसने ऐसा गुब्बारा बनवाया, जिसको लेकर उसे 'एफिल-टावर' नाम के फ्रांस के सुप्रसिद्ध गुंबद की पूरी परिक्रमा करके एक लाख मुद्रा का पुरस्कार प्राप्त किया।

फ्रांस में जहाँ इस तरह के गुब्बारों का खेल चल रहा था, वहाँ जर्मनी के काउंट जेपलिन ने इस तरह के गुब्बारों को हवाई जहाज के रूप में परिणत कर दिया और, उसका उपयोग एक बाजाप्ता व्यापार के रूप में करने लगा। उसके गुब्बारे की शक्ल भी सिगार की शक्ल की ही थी। किंतु उसके भीतर की बनावट बिलकुल दूसरे ढंग की थी। उसने जो पहला हवाई जहाज बनाया, वह 40 फीट लंबा था और उसका घेरा 30 फीट। उसके भीतर गैस के 17 कमरे थे। 1909 में उसका ऐसा एक हवाईजहाज 850 मील की यात्रा सफलतापूर्वक समाप्त कर चुका था। उसमें 24 आदमियों के बैठने की जगह थी। इन यात्रियों के लिए उसके भीतर ही सोने के अच्छे कमरे बने थे और जलपान के लिए रेस्तराँ। कई वर्षों तक लगातार जेपलिन के ये हवाई जहाज, जो उसी के नाम पर 'जेपलिन' कहलाते थे, इस तरह यात्रियों को एक जगह से दूसरी जगह पहुँचाते और काफी पैसे कमाते रहे। 1914 में पहला विश्व युद्ध शुरू हुआ, तो इन जेपलिनों से जर्मनी ने दूसरा भी काम लेना शुरू किया। मित्र देशों पर ये उड़ते हुए जाते और बड़े-बड़े गोले गिराकर संहार-कांड कर देते।

ऐसे ही एक हवाई जहाज को इंग्लैंड में जब तोप से नीचे गिरा दिया गया, तो इंग्लैंड में भी इस तरह के हवाई जहाज बनाने के प्रयत्न शुरू हुए, और इंग्लैंड में भी हवाई जहाज बनाए जाने लगे। अमेरिका में भी गुब्बारेवाले हवाई जहाजों की ओर ध्यान शुरू से ही था। लेकिन वहाँ भी इस ओर अधिक प्रगति तब हुई, जब जर्मनी से हरजाने के रूप में जेपलिन लिये गए और उन्हें अमेरिका भेजा गया। अमेरिका किसी काम को छोटे पैमाने पर तो करता नहीं है। उसके लिए एक बहुत बड़ी कंपनी खड़ी की गई और इसकी उन्नति की प्रगति को चरम सीमा पर पहुँचा दिया गया। 1929 में वहाँ एक ऐसा हवाई जहाज बनाया गया, जो 785 फीट लंबा और 132 फीट के घेरेवाला था। इसमें पाँच इंजन लगाए गए थे, जिसमें हर इंजन की ताकत 550 घोड़े की थी। इस हवाई जहाज ने 20,000 मील की लगातार यात्रा कर, सारी पृथ्वी की परिक्रमा कर ली थी।

किंतु, धीरे-धीरे इन भारी-भरकम गुब्बारेवाले हवाई जहाज से हटकर लोगों का ध्यान चिड़ियों की तरह के पंखवाले जहाज की ओर जाने लगा। और, अब तो ऐसा दिन आ गया है कि वे भारी-भरकम गुब्बारोंवाले जहाज कहीं दिखाई भी नहीं पड़ते। पंखोंवाले जो नए जहाज बने हैं, उन्हें हम हवाई जहाज न कहकर 'वायुयान' कहें तो ज्यादा अच्छा।

वायुयान बनाने की ओर सबसे पहले इंग्लैंडवालों ने प्रयत्न शुरू किए। सर हीरैम और प्रोफेसर लैंगले ने ऐसे वायुयान बनाए थे, जिनमें पंख लगे थे। लैंगले का वायुयान बहुत छोटा था और वह 100 फीट ऊँचा जाकर तीन-चौथाई मील की दूरी तय कर चुका था। यूरोप के लीलीयंथल और अमेरिका के आक्टेव कनीट ने भी काम किया था। लीलीयंथल ने तो इसी संबंध में प्रयोग करते हुए जान गँवा दी। किंतु, आजकल जो वायुयान हैं, उनके यथार्थ पिता 'राइट-बंधु' हैं। ये दोनों भाई ओहियो शहर के रहनेवाले थे। बचपन में पिता ने उन्हें वायुयान के आकार का एक खिलौना दिया था। तभी से वे वायुयान बनाने के लिए पागल हो गए। कहा जाता है कि वायुयान बनाने के लिए जितना परिश्रम इन दोनों भाइयों ने किया, शायद ही किसी वस्तु के आविष्कार के लिए कोई दूसरा कर सकता हो। बाइसिकिल मरम्मत का पेशा करते हुए, उस पेशे से जो समय बचता, वे सब इसी काम में लगा देते। इस संबंध में जो साहित्य था, वे लोग सब पढ़ गए। उस साहित्य के आधार पर प्रयोग-पर-प्रयोग किए। प्रयोग में जहाँ त्रुटियाँ दिखाई पड़ीं, उनका सुधार-पर-सुधार किया। किस हलकी-से-हलकी धातु के पंख बनाए जाएँ, किस तरह से उसे ऊपर-से-ऊपर उठाया जाए, हवा में पहुँचने पर किस तरह संतुलन रखा जाए, इन सब बातों के संबंध में नाना प्रयोग उन्होंने किए, और इनके विषय में पूरी सफलता प्राप्त कर ली। फिर इनके सामने इंजन का सवाल आया। वे लोग खुद कारीगर थे इसीलिए स्वयं उन्होंने 12 घोड़े की ताकतवाली, गैसोलिन मोटर बनाई, जो 30 मील की रफ्तार से वायुयान को उड़ा सकती थी। 1903 में उन्होंने एक ऐसा वायुयान बनाया और उसी वर्ष 17वीं दिसंबर को, उनमें से एक भाई ने उसे उड़ाया। वायुयान आप-से-आप धरती छोड़कर ऊपर उठा और एक सुर में, लगभग एक मिनट में आधे मील की उड़ान भर सका। वायुयान में ऐसी तरकीबें लगाई गई थीं, जिससे उसे दाएँ-बाएँ घुमाया जा सकता था, ऊपर-नीचे ले जाया जा सकता था। दोनों भाई जिस तरह से परिश्रमी थे उसी तरह के विनम्र भी। उन लोगों ने अपनी सफलता का विज्ञापन नहीं किया और अपने काम में लगे रहे। 1905 तक उन्होंने एक ऐसा वायुयान बनाया जो 38 मिनट तक ऊपर रहकर 24 मील की दूरी तय कर सका था। जब उनका वायुयान, उनकी दृष्टि में सब प्रकार से संपूर्ण हो चुका तब 1908 में दोनों भाइयों ने दुनिया के सामने अपने आविष्कार को रखा। एक भाई 'विलबर राइट' फ्रांस चला गया, और दूसरा

भाई 'ओरमिल राइट' अमेरिका में ही रहा। विलवर ने फ्रांस की भावुक जनता को अपनी उड़ानों से मंत्र-मुग्ध सा कर दिया। एक उड़ान में वह 2 घंटा 23 मिनट तक हवा में उड़ता रहा। ओरमिल राइट ने अमेरिका में जो प्रदर्शन किया, उसमें वह एक घंटे तक उड़ता रहा। ओरमिल अमेरिका को आश्चर्य में डालकर जर्मनी चला गया और वहाँ बर्लिन में अपने वायुयान की उड़ान को दिखलाकर जेपलिन की खिल्ली उड़ाई। इन दोनों भाइयों को पर्याप्त रूप से पुरस्कृत भी किया गया। यूरोप के बादशाहों ने, कितनी ही विज्ञान-परिषदों ने, कितने ही विश्वविद्यालयों ने, और अंततः अमेरिका की कांग्रेस ने उन्हें नाना प्रकार से सम्मानित और पुरस्कृत किया।

अब यूरोप और अमेरिका में, जगह-जगह उड़नेवालों के क्लब बनने लगे। लेकिन बहुत दिनों तक वायुयान सिर्फ तफरीह और तमाशे की चीज ही रहे। उनके सैनिक और व्यापारिक प्रयोगों की ओर लोगों का ध्यान नहीं गया। किंतु, 1914 के विश्व युद्ध ने लोगों का ध्यान इस ओर आकृष्ट किया। फिर क्या था, इस संबंध में इस प्रगति से काम होने लगा कि लोगों को चकित हो जाना पड़ा। शीघ्र ही उसके पंख में, उसकी 'बॉडी' में, उसके इंजन में तरह-तरह के सुधार किए गए। 1919 तक इतने सुधार कर दिए गए कि सोचा जाने लगा कि अब वायुयान द्वारा अटलांटिक महासागर को भी पार किया जा सकता है। और, यथार्थ में उसी साल यह संभव भी कर दिखाया गया। किंतु, इस बार जिन वायुयानों ने अटलांटिक पार किया, वे रास्ते के टापुओं में उतरने आए थे। पर, 1927 में लिंडबर्ग नामक एक नौजवान तो न्यूयॉर्क से रवाना हुआ, और एक ही उड़ान में पेरिस पहुँच गया।

अब तो वायुयान संसार के कोने-कोने में अपनी करामात दिखा रहे हैं। पिछली लड़ाई में वायुयान की पूरी पलटनें—तोप, गोले, टैंक आदि के साथ—दुश्मन की सरजमीन पर उतारी गईं और, अब शांति के जमाने में उनसे वे सभी काम लिये जा रहे हैं, जो रेल या जहाज से लिये जा सकते थे। अब वायुयान एक घंटे में कई सौ मीलों की यात्रा तय कर लेता है, और एक उड़ान में कई हजार मील को पार कर लेता है। वायुयान पर यात्रा करना एक फैशन सा हो गया है, और वायुयान की यात्रा काफी आरामदेह भी साबित हो चुकी है।

□

बाइसिकिल

दूरी पर विजय करने में छोटी सी बाइसिकिल का कम भाग नहीं है, और यह अचरज की बात है कि बाइसिकिल का जन्म एक खिलौने से हुआ। 18वीं सदी में पेरिस के एक खिलौना-साज ने लकड़ी का एक ऐसा खिलौना बनाया था, जिसमें दो पहिए लगे थे, और उस पर एक घोड़े का आकार बना हुआ था। इस घोड़े पर सवार होकर उसे आगे की ओर धक्का देने से यह खिलौना आप-से-आप तेजी से काफी दूर तक चलने लगता था।

इस खिलौने में तरह-तरह के सुधार किए जाने लगे। वे अब इतनी तेजी से दौड़ सकते थे कि फ्रांसीसी पोस्टमैनों ने उसका उपयोग चिट्ठी बाँटने के लिए करने को सोचा। बड़ा तमाशा होता—जब पोस्टमैन अपना थैला लिये इन दो पैर के काठ के घोड़े पर दनादन सड़कों पर आते-जाते दिखाई देते! अब कुछ शौकीन-मिजाजों का ध्यान भी इस सवारी की ओर गया। घोड़े का आकार उस पर से हटा दिया गया। बैठने के लिए बीच में जीन लगा दी गई, और घुमाने के लिए हैंडिल। लेकिन, अब भी यह इतना ही ऊँचा रखा गया था कि बैठने पर पैर जमीन को छू सकें, क्योंकि पैर से धक्के देकर ही अभी तक यह चलाया जाता था।

यह काठ का घोड़ा फ्रांस से इंग्लैंड पहुँचा। लंदन की सड़कों पर भी यह दौड़ने लगा। मैकमिलन नाम के एक लुहार का ध्यान इसकी ओर गया। उसने कुछ नए सुधार किए। उसके सुधारों से जो चीज बनी वह आज की बाइसिकिल की दादी थी। उसने पिछले चक्के को कुछ बड़ा कर दिया। पैर रखने के लिए पैडिल बना दिए। इस पैडिल का संबंध दो लोहे की छड़ों के द्वारा पिछले चक्के से लगा दिया गया था। चढ़नेवाले की देह पर पीछे से धूल या कीचड़ न पड़े इसलिए 'मड-गार्ड' भी लगा दिया। यही नहीं, इसे मनमानी जगह पर रोक देने के लिए उसने आगे के चक्के में 'ब्रेक' भी लगा दिया। उसने यह भी दावा किया कि मेरी यह बाइसिकिल 40 मील की रफ्तार से दौड़ सकती

है। एक बार इसी तरह की एक दौड़ का प्रदर्शन वह कर रहा था कि उसकी यह पैरगाड़ी एक बच्चे की देह पर चढ़ गई और बेचारे को पाँच शिलिंग का जुर्माना हुआ।

इधर फ्रांस में भी नई सवारी में तरह-तरह के सुधार होते गए। मीचाऊ नामक एक फ्रांसीसी सज्जन ने एक नए ढंग की बाइसिकिल बनाई, जो मैकमिलन की बाइसिकिल से इस अर्थ में भिन्न थी कि उसका अगला चक्का ही बड़ा था और पैडिल का संबंध भी अगले चक्के से ही था। अब अगले चक्के को बड़ा और पिछले चक्के को छोटा बनाने की होड़ लग गई। इस तरह से जो बाइसिकिल बनी, वह काफी हिलडुल करती थी, और उसका वजन भी कम न था। 35 सेर से लेकर 50 सेर तक उसका वजन होता था। वह कुछ ऐसा परिश्रम लेती थी कि उसका नाम हड्डी-तोड़ रख दिया गया। धीरे-धीरे सारे यूरोप में तरह-तरह की बाइसिकिल बनने लगीं। अमेरिका में भी यह सनक जा पहुँची और वहाँ भी बाइसिकिलें बनने लगीं। इन बाइसिकिलों की दौड़ में बड़ी-बड़ी बाजियाँ लगने लगीं। लोग हजारों की तादाद में इन दौड़ों को देखने के लिए एकत्र होते। इन दौड़ों की खबरें अखबारों में भी आदर का स्थान पाने लगीं।

धीरे-धीरे बाइसिकिल का वजन कम होता गया और उसकी रफ्तार बढ़ती गई। बाइसिकिल के ढाँचे से लकड़ी को हमेशा के लिए विदाई मिल गई। मजबूत लोहे के ढाँचे बनने लगे। पैडिल का संबंध पहियों से लोहे के चेन द्वारा कराया जाने लगा। चक्के में टायर लगाए जाने लगे। कुछ दिनों तक लगातार पिछला चक्का छोटा किया जाता रहा, अब वह बड़ा किया जाने लगा। 1895 में वह अगले चक्के के मुकाबले में आ गया।

अब व्यापारियों की बारी आई। इंग्लैंड में, यूरोप में, अमेरिका में, बड़े-बड़े कारखाने बाइसिकिल बनाने के खुलने लगे। इन कारखानों के चलते बाइसिकिल में और भी सुधार होते गए। 50 सेर से उसका वजन घटकर 12 सेर तक चला आया। सीट में, हैंडिल में, पैडिल में तरह-तरह के सुधार कर उसे ज्यादा आरामदेह और तेज-से-तेज जाने लायक बना दिया गया। बड़ी-से-बड़ी तादाद में तैयार किए जाने के कारण कीमत में भी कमी हो गई। जो पहले बच्चों का खिलौना थी, फिर शौकीन लोगों के आमोद-प्रमोद की चीज रही—वही अब सर्वसाधारण की प्यारी सवारी बन गई है। संसार का शायद ही कोई कोना हो, जहाँ बाइसिकिल की पहुँच न हो गई हो।

□

छापाखाना

बहुत से आविष्कारों की तरह छापेखाने के आविष्कार का श्रेय चीन को दिया जाता है। आज से लगभग 1200 बरस पहले वे लोग काठ के टुकडों पर अक्षरों को खोदते थे और उनमें रोशनाई लगाकर कागज पर या कपड़े पर छाप उतारते थे। किंतु, हर बार एक पूरे काठ के टुकड़े पर अक्षर व शब्द खोदना और उससे छापा उतारना एक कठिन और व्ययसाध्य काम था। चीन में यह बहुत दिनों तक इसलिए जारी रहा कि वहाँ अलग-अलग अक्षर नहीं लिखे जाते, बल्कि वहाँ शब्द ही लिखे जाते हैं। हर शब्द के लिए अलग-अलग चिह्न हैं और उन चिह्नों के बनाने में बड़े कौशल ओर श्रम की आवश्यकता होती है। चीनवालों से जब छापे की यह कला यूरोप पहुँची तो वहाँ के लोगों का ध्यान इस बात पर गया कि यों काठ के टुकड़ों पर पृष्ठ-के-पृष्ठ खोदने और छापने की अपेक्षा, क्यों न अलग-अलग अक्षर बनो लिये जाएँ, और उन अक्षरों को जोड़कर ही पृष्ठ और पुस्तकें तैयार की जाएँ। उस काम में जर्मनी के गाटनबर्ग नामक एक व्यक्ति को सबसे अधिक सफलता मिली और आज जो छापाखाना है, उसका आविष्कर्ता गाटनबर्ग ही समझा जाता है।

उसका जन्म जर्मनी के 'मेंज' नगर में हुआ था। जब उसकी अवस्था दस वर्ष की थी, वहाँ के धनियों और गरीबों में बड़ा झगड़ा हो गया। इसलिए उसके माता-पिता उसे लेकर 'ट्रांसबर्ग' नामक स्थान में चले आए। तब से वह वहीं रहने लगा। सयाना होने पर आईने का कारोबार शुरू किया, पर उसमें सफलता न मिली।

असफल होने पर उसके मन में छापाखाने की कल बनाने की धुन समाई। इसलिए 1446 ई. में छापाखाना खोलने की इच्छा से वह अपने जन्मस्थान 'मेंज' नगर में लौट आया। वह गरीब था, अत: 'जौनफास्ट' नामक एक आदमी से रुपए कर्ज लेकर कल-काँटे बनाने लगा। इस काम में 'स्कूफर' नामक बढ़ई ने उसे बड़ी सहायता दी।

गाटनबर्ग ने पहले काठ के अक्षर बनाए, किंतु वे टिकाऊ नहीं थे। उसके साथी

'स्कूफर' ने अक्षरों का साँचा बना दिया जिसमें अक्षर ढाले जाने लगे। कल-काँटे तैयार होने पर इस छापाखाना में 'गाटनबर्ग' ने 1455 ई. में पहले-पहल 'बाइबिल' ग्रंथ छापा। यह ग्रंथ दो भागों में छपा। इसकी भाषा लैटिन थी। इसके छापने में गाटनबर्ग को छह हजार रुपया खर्च करना पड़ा था।

किंतु गाटनबर्ग इस छापाखाना को अधिक दिन तक चला नहीं सका। उसका महाजन 'जौनफास्ट' रुपए के लिए उसे तंग करने लगा। यहाँ तक कि उस दुष्ट ने दिमाग और शरीर घुलाकर बनाए हुए उसके छापाखाने को भी जब्त कर लिया।

छापाखाने से इस प्रकार जबरदस्ती हटाए जाने से गाटनबर्ग का दिल टूट गया।

कुछ समय तक कष्ट के दिन काटकर वह मर गया, पर उसकी कीर्ति तो अमर थी। उसके बनाए हुए सुगम रास्ते पर चलने को अनेक जन खड़े हुए। जर्मनी और इटली में धड़ाधड़ छापाखाने खुलने लगे।

'विलियम-कैकस्टन' नामक एक अंग्रेज जर्मनी में पहुँचा और छापाखाने की कला सीखकर लौटा। 1476 ई. में उसने 'वेस्ट-मिनिस्टर हेव' में एक छापाखाना खोला। फिर उसकी मृत्यु के बाद 'किन डी वार्डी' नामक एक कर्मचारी के हाथ में उस छापाखाने का प्रबंध-सूत्र आया। उसने छापाखाने में अनेक सुधार किए और लगभग चार सौ पुस्तकें भी छापीं।

धीरे-धीरे छापाखाने का प्रचार बढ़ता गया। उसमें अनेक सुधार भी होते गए। सबसे बड़ा सुधार किया—1814 ई. में 'क्वैनिंग' नामक एक जर्मन ने। लंदन के प्रसिद्ध दैनिक-पत्र 'टाइम्स' के लिए उसने दो कलें बनाईं, जो भाप के बल से चलती और एक घंटे में 1100 कागज छापतीं। इन्हीं कलों में कुछ और सुधार कर देने पर घंटे में 1800 कागज छपने लगे। फिर 1815 ई. में क्वैनिंग ने ही एक ऐसी कल बनाई जिसमें घंटे में 750 कागज दुपीठा छपने लगे।

गाटनबर्ग ने जो पहला छापाखाना खोला था, उसमें अक्षर लकड़ी के ही बने होते थे। किंतु, धीरे-धीर धातु के अक्षर ढाले जाने लगे। इन अक्षरों की ढलाई में विशेषत: दो धातुओं को काम में लाया जाता है—सीसा और टीन। ढले हुए अक्षरों को अलग-अलग खानों में सजाकर रखते हैं, उन्हें उठा-उठाकर कंपोजिटर छापे जानेवाले परचे या ग्रंथ को 'कंपोज' कर डालता है। कंपोज हो जाने पर पृष्ठ-के-पृष्ठ सजाकर रखे जाते हैं, और फिर उन्हें लोहे के फ्रेम में कसकर प्रेस पर चढ़ा देते हैं। प्रेस पहले हाथ से चलाए जाते थे, किंतु अब तो प्राय: वे इंजन से ही चलाए जाते हैं। पहले वे भाप के इंजन से चलाए जाते थे, आजकल बिजली के इंजनों से।

छापाखाने की उन्नति की दो धाराएँ रही हैं। एक तो टाइप की उन्नति की, दूसरी प्रेस की उन्नति की। टाइप के अक्षर खूब सुंदर-से-सुंदर किस तरह बनें, उन्हें खानों में किस

तरह सजाकर रखा जाए कि आसानी से कंपोज कराया जा सके। उनके बनने में कौन सी धातु लगाई जाए जो मजबूत भी हो और उन पर रोशनाई भी खिल सके। इनकी ओर एक तरफ जहाँ ध्यान दिया जाने लगा, तो दूसरी ओर यह सोचा जाने लगा कि प्रेस में कौन सा सुधार किया जाए कि वे कम-से-कम समय में ज्यादा-से-ज्यादा प्रतियाँ छाप सकें।

टाइप में भी तरह-तरह के सुधार होते गए। 1886 ई. में, इस संबंध में न्यूयॉर्क में 'मर्गेन्थेलर' नाम के आदमी ने एक क्रांतिकारी सुधार किया, जिसे 'लीनोटाइप' कहते हैं। इसके आविष्कार के चलते अब एक-एक अक्षर जोड़ना नहीं पड़ता था। पूरी पंक्ति एक साथ कंपोज होकर ढल जाती है, इससे छपाई भी अच्छी होती है, क्योंकि एक बार छपने के बाद इसकी धातु फिर गला दी जाती है। टाइप के संबंध में दूसरा क्रांतिकारी सुधार इसके दस बरस बाद हुआ। यह सुधार किया 'टोल वर्ट लैंसटन' ने। यह 'मोनोटाइप' के नाम से मशहूर है। आजकल धीरे-धीरे सारी छपाई मोनोटाइप की ओर जा रही है, जो कि बहुत खूबसूरत होती है, और इसमें एक मिनट में डेढ़ सौ अक्षर ढल-ढलकर तैयार हो जाते हैं।

हाथ से जो छापेखाने चलाए जाते थे, उनमें बहुत धीरे-धीरे छपाई होती थी। क्वैनिंग के सुधार ने छपाई की गति में बहुत ही तेजी ला दी थी। किंतु, इतने ही से लोगों को संतोष न हुआ। क्वैनिंग का एक प्रेस जब अमेरिका गया, तब अमेरिकनों का ध्यान उसमें भी सुधार करने की ओर गया। 'रॉबर्ट हो' और उसके पुत्रों ने 'रोटरी प्रेस' को जन्म दिया। उसने ऐसी तरकीबें लगा दीं कि 1855 में वह प्रेस पर एक घंटे में 10,000 प्रतियाँ छाप सकता था। किंतु फिलाडेल्फिया के विलियम बूलिक ने हो परिवार को भी मात दे दी। अब अलग-अलग कटे हुए कागज न लगाकर मील-के-मील लंबे कागज एक ही बार लगाए जाने लगे और अब हालत यह है कि एक ही घंटे में एक प्रेस 1,00,000 प्रतियाँ छाप देता, और उन्हें काटकर लपेटता और पैकेज बनाकर फेंक देता है।

हाँ, तुम्हें यह जानने की भी बड़ी उत्कंठा होगी कि नागरी अक्षरों का छापाखाना कब खुला और किसने खोला। अच्छा सुनो—

नागरी अक्षरों का छापाखाना खोलने का यश बंबई के एक गुजराती व्यापारी श्री भीमजी पारिख को है। उन्होंने 1670 ई. में विलायत के ईस्ट इंडिया कंपनी के संचालकों के पास छापाखाना चलानेवाला एक आदमी भेजने के लिए अरजी दी। पहली बार 800 रुपए मासिक पर एक आदमी आया, पर वह होशियार नहीं था। पुन: निवेदन करने पर 1678 ई. में कंपनी के संचालकों ने एक प्रवीण व्यक्ति को भेजा। उसी की सहायता से भीमजी ने नागरिक अक्षर ढलवाए। तब से अब तक हिंदी के छापाखाने में भी बराबर उन्नति हो रही है। तो भी अंग्रेजी छापाखानों के मुकाबले हिंदी के छापाखाने अभी बहुत अंशों में अपूर्ण हैं।

□

टाइपराइटर

छापाखाने की उन्नति के साथ ही एक ऐसे यंत्र की आवश्यकता का अनुभव किया जाने लगा जो व्यक्तिगत प्रयोग के योग्य हो—जिस पर एक ही आदमी छपाई का पूरा काम कर ले। यह यंत्र हलका हो, जिससे उसे एक जगह से दूसरी जगह आसानी से ले जाया जाए।

यों तो 1714 ई. में ही एक अंग्रेज आविष्कारक ने ऐसे एक यंत्र को पेटेंट करवाया था, किंतु ऐसे यंत्र को स्थिति में लाने का श्रेय है फ्रांस के प्रोगिन नामक व्यक्ति को। उसने एक गोल प्लेट के चारों ओर लीवर लगा दिए थे, जिनका संबंध टाइपों से करा दिया गया था। लीवर को दबाते ही कागज पर टाइप होने लगता था। यह 1819 ई. की बात है।

यह यंत्र जब अमेरिका पहुँचा, तो वहाँ और सुधार होने लगे। चार्ल्स थावर और ए.बी. बिच नामक कारीगरों ने उसमें अनेक सुधार किए। किंतु, जिन्होंने इस यंत्र को 'टाइपराइटर' नाम दिया और जिनके परिश्रम से यह यंत्र सर्वसाधारण के उपयोग के लायक बन पाया, वे तीन अमेरिकन थे, जो सदा साथ काम करते थे। उनके नाम थे—शोल्स, शोल और ग्लिडेन। 1868 में इन्होंने एक यंत्र ऐसा बना लिया जिसे हम आधुनिक टाइपराइटर का दादा कह सकते हैं।

उन्होंने जो यंत्र तैयार किया, वह बहुत कुछ आजकल के हारमोनियम के आकार का था। उसमें रोशनाई लगाने, कागज हटाने, पंक्ति के बाद पंक्ति बिठाने आदि की सारी तरकीबें लगाई गई थीं। 1873 ई. तक उन्होंने लगभग ऐसे 50 यंत्र तैयार किए थे। किंतु, इसके तैयार करने में खर्च कुछ इतना बैठ जाता था कि व्यक्तिगत कामों के लिए इसका प्रयोग करना सर्वसाधारण के लिए असंभव था।

उन दिनों न्यूयॉर्क में रेमिंगटन का कारखाना हथियार बनाने का काम करता था। इस कारखाने के संचालकों का ध्यान इस नए यंत्र की ओर गया और उन्होंने उसे व्यापक

रूप में तैयार करने का संकल्प किया। सबसे पहले शोल की सेवाओं को उन्होंने बारह हजार डॉलर में खरीद लिया। शोल की मदद से उन्होंने ऐसी तरकीबें निकालीं कि सस्ते दर में ज्यादा-से-ज्यादा टाइपराइटर तैयार होने लगे। 1881 में रेमिंगटन ने 8,000 टाइपराइटर तैयार किए और कुछ ही दिनों के बाद वहाँ से प्रति सप्ताह 800 टाइपराइटर तैयार होकर बाजारों में बिकने लगे।

धीरे-धीरे टाइपराइटर में अन्य सुधार भी होते गए। टाइप करने में आसानी हो, यंत्र का आकार छोटे-से-छोटा हो, वह सस्ते-से-सस्ते मूल्य में बिके—इस संबंध में नए-नए प्रयोग होते रहे। 1892 ई. तक पहुँचते-पहुँचते इतने सुधार हो गए कि इस यंत्र को एक छोटे से बक्से में बंदकर, हाथ में लटकाकर, एक जगह से दूसरी जगह आसानी से ले जाया जा सकता था।

मि. विच एक वैज्ञानिक पत्र का संपादक था। उसने 1867 ई. में भविष्यवाणी की थी कि वह दिन आ रहा है, जब ऑफिसों में कलम और रोशनाई से नकल करनेवालों की जरूरत नहीं रह जाएगी। उसकी वाणी को सोलह आना सत्य होते हुए हम देख सके हैं। किंतु उत्साह में आकर उसने यहाँ तक कह दिया था कि बच्चों को सिर्फ दस्तखत करना सिखला दिया जाएगा, लिखने के और सारे काम टाइपराइटर से होंगे। क्या वह दिन भी निकट है?

□

बिजली

भाप के बाद सबसे बड़ी शक्ति मनुष्य के हाथ में दी बिजली ने। इस शक्ति को पाकर मानव ने प्रकृति पर चतुर्दिक्‌व्यापी वह विजय प्राप्त की, जिसकी पहले कल्पना भी नहीं की जा सकती थी।

किंतु बिजली से आपने क्या समझा? बादलों से भरे हुए आकाश में कभी-कभी चमक उठनेवाली चंचल लकीरें? नहीं, बिजली को हम आँखों से देख नहीं सकते! हाँ, उसके काम को देखकर हमें उसके अस्तित्व का बोध होता है। जब एक मेघ से दूसरे मेघ के टकराने पर उसकी पैदाइश होती और उसकी राह चमक पड़ती है तो उसी राह को हम बिजली समझ लेते हैं।

अच्छा, तो बिजली है क्या? वह एक शक्ति है जो संसार के सभी पदार्थों में पाई जाती है, किंतु आँखों से नहीं दीख पड़ती। हाँ, युक्ति के साथ इस शक्ति को काम में लाकर अद्‌भुत कार्य किए जा सकते हैं। आज दुनिया में बिजली का ही एकच्छत्र—अकंटक राज्य है। चतुर मनुष्य इससे अनेक ऐसे कार्य करवाते हैं जिन्हें मनुष्य कर ही नहीं सकता। यह रेलगाड़ियों को दौड़ाती है, एक देश की खबर दूसरे देश में बात-की-बात में पहुँचाती है, घर से अँधेरे को मार भगाती है, पंखा झलती है, रसोई बनाती है, गाना सुनाती है!—कहाँ तक गिनाएँ, आज जिधर देखिए, उधर इसी का राज्य है। किंतु साथ ही, एक पल में हजारों जानें भी ले सकती है। सावधानी और चतुराई से हम इससे चाहें जो सेवा करा लें, पर जहाँ तनिक भी चूके कि सर्वनाश!

यद्यपि ऐसी उपयोगी 'शक्ति' संसार में आदिकाल से ही मौजूद है तथापि आज से चार सौ वर्ष पहले तक लोग इसकी स्थिति और उपयोगिता से एकदम अपरिचित थे। सबसे पहले 'डॉक्टर गिलबर्ट' नामक एक इंग्लैंड निवासी ने इसका आविष्कार किया। वह वहाँ की इतिहास-प्रसिद्ध महारानी एलिजाबेथ का घरेलू डॉक्टर था।

ईसवी सन् के पहले से ही लोग यह जानते थे कि कहरुवा जिसे संस्कृत में

'कर्पूरमणि' कहते हैं, छोटे-छोटे तृण के टुकड़ों और हलके परों को अपनी ओर खींचने की ताकत रखता है। संस्कृत और हिंदी के काव्य-ग्रंथों में भी कहरुवे के इस गुण का वर्णन है। किंतु, यह क्यों खींचता है। तृणों को खींचनेवाली कौन सी शक्ति उसमें है—क्या और भी ऐसी कोई चीज है, जो इस प्रकार किसी चीज को खींच सकती है—आदि बातों की खोज-ढूँढ़ किसी ने नहीं की। गिलबर्ट ने ही पहले-पहल इन बातों की छानबीन करना शुरू किया। उसने देखा कि 'कहरुवे' में एक खास तरह की शक्ति है, जो तृणों को खींचती है और तेजाब, गंधक आदि और भी कई चीजों में वह पाई जाती है। चूँकि कहरुवे का ग्रीक नाम 'ऐलेक्ट' है, अतः इस शक्ति का नाम 'ऐलेक्ट्रिसिटी' अर्थात् ऐलेक्टन में पाई जानेवाली शक्ति रखा। संस्कृत में इस शक्ति को 'विद्युत्' कहते हैं और हिंदी में 'बिजली'।

गिलबर्ट के इस आविष्कार की ओर लोगों का ध्यान गया। आयरलैंड के बोआयले, प्रशिया के म्यूरिक तथा जगत्प्रसिद्ध वैज्ञानिक न्यूटन आदि ने इस विषय में खोज-ढूँढ़ की और एक नवीन बातें सोच निकालीं।

अमेरिका के प्रसिद्ध राजनीतिज्ञ नेता बेंजामिन फ्रैंकलिन ने बिजली को बादल से पकड़कर एक कुप्पे में बंद करने की तरकीब निकाली। रेशमी रूमाल को पतंग बनाकर उन्होंने आसमान में उड़ाया। पतंग का संबंध एक सुतली की रस्सी से था, जिसके दूसरे छोर का एक कुप्पी से संबंध करा दिया गया था। इस पतंग के द्वारा बिजली कुप्पी में आ गई।

'हौक्सवे' नामक एक फ्रांसीसी विद्वान् ने यह आविष्कार किया कि काँच की नली को हाथ से खूब रगड़ा जाए तो कुछ देर बाद उससे भी बिजली पैदा हो सकती है और वह भी तृण आदि को अपनी ओर खींच सकती है। हाथ से काँच को रगड़ना बड़ा ही कष्टकर कार्य है, इसलिए स्टिफेन ग्रे नामक एक अंग्रेज ने यह खोज निकाला कि काँच की नली को रेशमी कपड़े से घिसने पर भी बिजली पैदा हो सकती है। साथ ही उसने यह भी आविष्कार किया कि पदार्थों के दो भेद हैं—एक वह जिसके द्वारा बिजली एक जगह से दूसरी जगह भेजी जा सकती है, और दूसरा वह जिससे ऐसा नहीं किया जा सकता है। उनमें से एक का नाम 'परिचालक' और दूसरे का 'अपरिचालक' रख सकते हैं। ताँबा, लोहा, सूत, मनुष्य का शरीर आदि 'परिचालक' है और सूखी लकड़ी, रबड़, अबरख, रेशम आदि अपरिचालक। वक. काँच की नली को रेशम से रगड़कर जो बिजली पैदा करता था, उसे सूत के द्वारा 900 फीट तक ले जाने में भी समर्थ हो सका था।

'ग्रे' के बाद बिजली के संबंध में आविष्कार करनेवालों में 'डूफे' बहुत प्रसिद्ध हुआ। वह फ्रांस देश का रहनेवाला था। उसने यह आविष्कार किया कि बिजली दो प्रकार की होती है—'पुष्ट' और 'क्षीण'।

अब कुछ वैज्ञानिकों का ध्यान नूतन ढंग से बिजली पैदा करने की ओर गया। 'अलेक्जेंडर वोल्टा' नामक इटली देश के एक वैज्ञानिक ने सर्वथा नवीन ढंग से बिजली पैदा करने में सफलता प्राप्त की। बिजली पैदा करने के लिए उसने जिस कल का आविष्कार किया, उसका नाम है—'वोल्टाइड बैटरी।' आजकल डैनियल, बाइक्रोमेट आदि कई तरह की नवीन बैटरियाँ चली हैं, किंतु 'इलेक्ट्रिक बैटरी' का पहला आविष्कार करनेवाला यह 'वोल्टा' ही है। बिजली के दबाव को नापने के लिए वोल्टा का परिमाण उसी के नाम से चला आ रहा है।

'वोल्टा' के बाद माइकेल फैरेडे नामक एक अंग्रेज वैज्ञानिक का आविर्भाव हुआ। हम कह सकते हैं कि जिस काम का आरंभ 'गिलबर्ट' ने किया था, उसकी सफलतापूर्वक समाप्ति इसी ने की। अभी तक बिजली के विषय में खोज-ढूँढ़ होती रही थी, किंतु उसके द्वारा आजकल जो लौकिक कार्य किए जाते हैं, उसकी कल्पना भी औरों ने नहीं की थी। फैरेडे ने उसमें चुंबक के सहारे एक ऐसी युक्ति लगाई कि बिजली से तुम चाहे जो काम ले लो, रेलगाड़ी चलवा लो, लाखों मन का बोझा उठा लो, आदि-आदि।

'फैरेडे' की जीवनी भी विचित्र है। वह लंदन के एक गरीब लोहार के घर 1791 ई. में जन्मा था। गरीबी के कारण वह अधिक लिख-पढ़ न सका। तब वह जिल्द-बंदी के काम में भरती किया गया। दिन-भर वह किताबों की जिल्द बाँधा करता और रात में विज्ञान का अध्ययन करता। एक दिन एक भलेमानस उसकी दुकान पर जाकर देखते हैं कि एक लड़का एक विश्वकोश की जिल्द बाँध रहा है, और साथ-ही-साथ उसके बिजली-संबंधी लेख को गौर से पढ़ता भी है।

उस भलेमानस को बड़ा अचंभा हुआ—यह लड़का ऐसा कठिन विषय कैसे पढ़ रहा है? पूछने पर लड़के ने कहा—दिनभर काम करते रहने पर भी मैं रात में बिजली-संबंधी जाँच-पड़ताल किया करता हूँ, यद्यपि मेरे पास गरीबी के कारण घर की बनी केवल एक 'बैटरी' मात्र है। वह भलेमानस बड़े प्रसन्न हुए। उन्होंने एक प्रवेश-पत्र देकर कहा कि इसको लेकर तुम 'सर हैंप्री-डैबी' के व्याख्यान सुनने के लिए 'रॉयल इंस्टीट्यूट' (राजकीय विद्याभवन) में जाना।

फैरेडे बड़ा प्रसन्न हुआ, मानो उसे विशेष निधि मिल गई हो। वह व्याख्यान सुनने गया और जो कुछ सुना, उसे नोट करता गया।

व्याख्यान समाप्त होने पर वह डरते-काँपते हुए उस प्रवेश-पत्र देनेवाले भलेमानस के पास गया और उन्हें अपना नोट दिखलाया। वह खुद 'सर हैंप्री डैबी' थे। नोट देखकर वे बड़े खुश हुए और अपने साथ रहने का उससे अनुरोध किया।

फैरेडे ऐसा मौका कब जाने देता? 'सर डैबी' बचपन में स्वयं भी बड़े गरीब थे,

अत: इस गरीब लड़के की सहायता करने को तैयार हुए। उनकी देखरेख में फैरेडे ने बड़ी उन्नति की, और बाद में उनका सहकारी होकर उन्हीं के साथ काम करने लगा।

फैरेडे की जीवनी अचरज भरी सफलताओं की विस्तृत सुंदर कहानी है। कुछ ही दिनों में वह अपने आश्रयदाता से भी अधिक प्रसिद्ध हो गया, और तत्कालीन सभी वैज्ञानिकों में श्रेष्ठ समझा जाने लगा। उसके व्याख्यान और लेख कठिन विषय पर होते थे, किंतु वह इतनी सरल भाषा में, और ऐसे सुंदर ढंग से कहता-लिखता था कि बच्चे भी उसके भाव को अच्छी तरह समझ लेते थे।

कहा जाता है, नौ वर्षों तक लगातार परिश्रम करते रहने के बाद अंत में दस दिनों में ही फैरेडे ने बिजली संबंधी इतने आविष्कार किए कि उसने आगामी सौ वर्षों के लिए अभूतपूर्व उन्नति का द्वार मानव जाति के लिए खोल दिया। उसके इन्हीं आविष्कारों के चलते तार, टेलीफोन, एक्स-रे आदि बिजली की शक्ति द्वारा अनगिनत कामों का लिया जाना संभव हो सका। बिजली की शक्ति को तार द्वारा एक जगह से दूसरी जगह ले जाना और बिजली की शक्ति को डायनेमो में संचित और केंद्रित करके असाध्य साधन कराना—इन सारी बातों का पता आरंभिक रूप में फैरेडे ने लगाया। उसके बाद इंग्लैंड के बिल्डे, फ्रांस के ग्रामे और अमेरिका के एडिसन ने डायनेमो में बड़ी उन्नति की। खासकर एडिसन ने तो इस संबंध में कमाल किया। उसने पहले-पहल बिजली की रोशनी और बिजली की मोटर बनाई, जिसके द्वारा बिजली की ट्रेनें भी चलाई जाने लगीं।

□

तार

तार का आविष्कार पहले-पहल किसने किया—यह बताना कठिन है। तार का काम बिजली से होता है, इसलिए जिन लोगों ने बिजली का आविष्कार किया था, उनको तार के आविष्कार का भी बहुत कुछ श्रेय दिया जा सकता है। बिजली का आविष्कार स्टिफेन ग्रे ने किया। बिजली की लहर को वह लगभग 900 फीट तक एक सूत के सहारे ले जाने में समर्थ हो सका था। ग्रे के अतिरिक्त दूसरे-दूसरे बिजली के आविष्कारकों ने जो बिजली के संबंध में नई-नई खोज कीं, उनसे तार के आविष्कार में बहुत मदद मिली। खासकर फैरेडे की खोज ने तो वैज्ञानिकों के दिमाग में हलचल पैदा कर दी—लोग बिजली के बल पर असाध्य साधन करने पर तुल गए।

1753 ई. में अर्थात् फैरेडे के जन्म से लगभग चालीस वर्ष पहले ही, एक वैज्ञानिक ने स्कॉटलैंड में एक लेख छपवाया था, जिसमें उसने बतलाया था कि किस प्रकार बिजली के द्वारा खबरें भेजी जा सकती हैं। किंतु, उस समय तक बिजली के संबंध में पूरी खोज नहीं हो सकी थी, अतएव किसी ने उसकी बातों पर उस समय ध्यान ही नहीं दिया। यहाँ तक कि लोगों को उसका नाम-धाम भी याद नहीं रहा। कोई-कोई कहते हैं कि उसका नाम था चार्ल्स मोरिसन—किंतु कोई निश्चित नहीं कह सकता कि वह वही था।

तार के आविष्कार को अधिकांश में सबल करने का श्रेय इंग्लैंड के सर फ्रांसिस रोनाल्ड को दिया जा सकता है। उनका जन्म लंदन के एक व्यापारी के घर 1788 ई. में हुआ था—ठीक उसी समय, जब कि बिजली के बारे में बड़ी सरगर्मी से छानबीन हो रही थी। उन्होंने बड़े होने पर अपना ध्यान तार पर आकर्षित किया। अपनी फुलवारी में आठ मील लंबी तार लेकर वे छानबीन करने लगे। बाग छोटा था इसलिए बाग के चारों ओर कई बार वह तार लपेटी गई थी। बहुत दिनों तक असफलताओं से युद्ध करते-करते अंत में वे सफल हुए। अपनी प्रसन्नता में ही उन्होंने अंग्रेजी सरकार के सामने अपना नवीन आविष्कार पेश किया।

तब तक बिजली द्वारा खबरें भेजने का कहीं प्रबंध नहीं था और सर रोनाल्ड ने सोचा कि सरकार इस अभूतपूर्व आविष्कार के लिए उन्हें सम्मानित कर इससे लाभ उठाएगी। किंतु, बात गलत निकली। सरकार ने उन्हें दुत्कार दिया। ठीक उसी तरह, जिस तरह उसने रेल के आविष्कारक जॉर्ज स्टिफेंसन को दुत्कारा था।

परंतु सभी आविष्कारकों की तरह रोनाल्ड भी स्वार्थ-त्यागी पुरुष थे—यश के वे भूखे नहीं थे, बड़े ही हँसमुख थे। सोचा—चलो, मुझे यश मिला, न सही, किसी को तो यश मिलेगा ही। इसके अतिरिक्त मेरे आविष्कार में कितनी गलतियाँ रह गई हैं, कोई तो इन गलतियों का सुधार कर यशस्वी बनेगा ही। यह सोचकर उन्होंने तार का काम छोड़ दिया। आखिर उनकी कल्पना सही साबित हुई। कुछ वैज्ञानिकों के सम्मिलित प्रयत्न से तार का आविष्कार पूरा हुआ। सर रोनाल्ड अपने जीवन में समूचे इंग्लैंड में तार द्वारा खबरें आती-जाती देखकर खुश होते रहे।

इंग्लैंड में तार के आविष्कार को सफल करने का सौभाग्य प्राप्त हुआ ह्वीटस्टन और कुक को। इन दोनों वैज्ञानिकों का सम्मिलन भी बड़ा आश्चर्यजनक है। कुक का जन्म 1806 ई. में हुआ था। अपनी जवानी में कुक भारतीय सेना में काम करता था। पीछे वह डॉक्टर बनाया गया। ह्वीटस्टन का जन्म 1802 ई. में हुआ था। वह बाजा बजानेवाले का बेटा था। दोनों को विज्ञान से प्रेम था। दोनों ही बिजली पर छानबीन करने के शौकीन थे, क्योंकि उस समय बिजली की ओर वैज्ञानिक का खास झुकाव था।

ह्वीटस्टन अपने चाचा के बाजे की दुकान पर काम करता था और उससे बचे हुए समय में पढ़ता-लिखता और छानबीन किया करता। वह अपने वैज्ञानिक अनुसंधानपूर्ण लेखों के लिए थोड़े ही दिनों में इतना प्रसिद्ध हो गया कि एक कॉलेज में प्रोफेसर बनाया गया। वहाँ भी उसने बिजली-संबंधी छानबीन जारी रखी।

इधर कुक जब डॉक्टरी पढ़ रहा था, उसको बिजली और तार के संबंध की बातें मालूम हुईं। उसके तेज दिमाग ने तुरंत ही भाँप लिया कि यदि कोशिश की जाए तो बिजली द्वारा तार भेजना संभव है। वह भारत से अपने देश इंग्लैंड को लौटा। यहाँ आकर उसने ह्वीटस्टन से बातचीत की। दोनों एक साथ काम करने लगे।

परिणाम बड़ा ही उज्ज्वल हुआ। कुक बड़ा ही व्यवहार कुशल था और ह्वीटस्टन प्रतिभाशाली। दोनों के प्रयत्न से 1838 ई. में पहले-पहल तार का व्यापार लंदन और ब्लैकवाल रेलवे में हुआ। सभी नई चीजों की तरह पहले इसमें बहुत सी त्रुटियाँ थीं, किंतु धीरे-धीरे सब दुरुस्त हो गईं। पहले एक खबर भेजने के लिए पाँच तारों की जरूरत होती थी, फिर दो तार रखे गए, किंतु 1845 ई. से केवल एक ही तार पर काम होने लगा।

ठीक इसी समय जर्मनी, फ्रांस, अमेरिका आदि के वैज्ञानिक भी इस विषय में

छानबीन कर रहे थे। किंतु उन सबमें प्रसिद्ध है अमेरिका का सैम्युअल फिनले ब्रिज मोर्स। मोर्स का जन्म 1791 ई. में हुआ था। वह बड़ा तेज था। 19 वर्ष की उम्र में उसने बी.ए. पास किया था। पहले वह चित्रकला का काम करता था। वह दो बार यूरोप गया था—एक बार, जब वह यूरोप से लौट रहा था, जहाज के यात्रियों में बिजली और तार के संबंध में बातें छिड़ीं, उसमें वह भी शामिल था।

बस, उसी समय जहाज पर बिजली द्वारा खबर भेजने की कल्पना मोर्स के दिमाग में घुसी। पहले जहाज पर बहुत दिन लगते थे—इसलिए जब तक वह अमेरिका नहीं पहुँचा, बराबर जहाज पर ही इस विषय में सोचता-विचारता रहा। जहाज पर ही उसने इस विषय का एक चित्र भी बनाया, जिसमें तार के यंत्रों का ढाँचा-चित्र था।

घर जाने पर मोर्स तार के संबंध में काम करने लगा। वह गरीब था, रुपए काफी नहीं थे, किंतु उसने परिश्रम से मुँह न मोड़ा। आखिर सन् 1837 ई. में उसने अपना आविष्कार पूरा किया और सरकार से उसकी रजिस्ट्री करा ली। 1843 ई. में लगातार कोशिश करने पर अमेरिका के प्रजातांत्रिक राज्य ने उसे आर्थिक सहायता दी। पहले-पहल 1844 में अमेरिका में तार द्वारा खबरें भेजी गईं। मोर्स ने जिस पद्धति पर तार द्वारा खबरें भेजना आरंभ किया था, उसे लोगों ने बहुत पसंद किया और आज भी उसी पद्धति पर तार द्वारा खबरें भेजी जाती हैं।

धीरे-धीरे तार में भी बहुत से सुधार हुए। जब से नए ढंग के जहाज चले, समुद्र द्वारा आना-जाना मामूली हो गया। अतः समुद्र होकर भी तार की लाइनें बनाई गईं। पहले जहाँ एक ही खबर भेजने के लिए पाँच तारों की जरूरत पड़ती थी, वहाँ अब नवीन वैज्ञानिकों की छानबीन ने यहाँ तक संभव कर डाला है कि एक ही तार से आठ खबरें, एक समय में भिन्न-भिन्न दिशाओं में भेजी जाती हैं।

घर पहुँचकर मोर्स ने तार के संबंध में अपनी चेष्टा जारी रखी। किंतु निर्धनता के कारण पद-पद पर उसे बाधाओं का सामना करना पड़ता था। अचानक एक दिन एक नौजवान उसकी प्रयोगशाला में आया और मोर्स के तारवाले प्रयोग से अनुप्राणित हुआ। उसका नाम अल्फ्रेड वेल था। वेल की आर्थिक सहायता से मोर्स का काम तेजी से बढ़ा और थोड़े दिनों में उसने तार भेजने के औजार तैयार कर लिये।

तार के औजार को लेकर अब मोर्स अमेरिका की सरकार के पास पहुँचा। बड़ी दौड़-धूप के बाद सरकार ने बाल्टीमोर से वाशिंगटन तक तार लगाने के लिए तीस हजार डॉलर की मंजूरी दी। बीच में तो बाधाएँ आईं। किंतु अंत में 23 मई, 1844 को वाशिंगटन से बाल्टीमोर तक तार की लाइन पूरी हो गई और राजधानी के तार-ऑफिस में बैठकर मोर्स ने अपने सहकारी वेल को बाल्टीमोर तार भेजा—"भगवान की कैसी कृपा है।"

मोर्स ने जो तार की लाइन बनाई, उसमें एक बार में एक ही संदेश भेजा जा सकता था, किंतु एडिसन ने ऐसी तरकीब निकाल दी कि एक समय में चार संदेश एक ही लाइन से भेजे जा सकते हैं।

थोड़े ही दिनों में पृथ्वी के कोने-कोने में तार के खंभे दिखाई पड़ने लगे और पृथ्वी पर अपने प्रयोग को सफल करके मोर्स का ध्यान समुद्र की ओर गया और केबल के द्वारा तार भेजने का उसने प्रबंध किया। 1850 में पहले-पहल इंगलिश चैनल में केबल डाला गया और उसके सात साल के बाद ही एटलांटिक समुद्र की पच्चीस सौ मील की दूरी में केबल गिराकर इंग्लैंड और अमेरिका को तार के सूत्र में बाँध देने की चेष्टा शुरू हुई। किंतु इस चेष्टा में कितने ही वर्ष लग गए और कितने करोड़ रुपए बरबाद हो गए। अंत में 1866 में यह प्रयोग भी सफल हुआ। अब तो हर समुद्र में तार के केबल डाले जा चुके हैं, जिनसे देश-विदेश से संदेश आते-जाते रहते हैं।

□

टेलीफोन

टेलीफोन का आविष्कार 'अलेक्जेंडर ग्राहम वेल' नामक एक नवयुवक ने किया। उसका जन्म स्कॉटलैंड देश के 'एडिनबरा' नामक नगर में 1847 ई. में हुआ था। वह एडिनबरा में ही पढ़ता था, फिर लंदन विश्वविद्यालय में आकर पढ़ने लगा—जहाँ उसके पिता प्रोफेसर थे। तेईस वर्ष की अवस्था में वह अमेरिका आया। उसके पिता बहरे और गूँगे की शिक्षा में बड़ी दिलचस्पी रखते थे और उनके पढ़ाने-लिखाने के लिए उन्होंने कई तरीके भी निकाले थे। 'ग्राहम' भी पिता के इस कार्य में बड़े प्रेम से भाग लेता था। अमेरिका आकर उसने गूँगों और बहरों को पढ़ाने-लिखाने में बड़ा नाम पाया। यहाँ तक कि बोस्टन विश्वविद्यालय ने इस विषय की शिक्षा देने के लिए उसे अपना प्रोफेसर नियुक्त कर लिया।

कुछ दिनों तक प्रोफेसरी करने के बाद वह वहाँ से हट गया, और अपना एक खास स्कूल खोलकर गूँगे-बहरों को शिक्षा देने लगा। इस शुभ काम से जो समय बचता उसका उपयोग वह विज्ञान के नए-नए आविष्कारों को सोचने में करता। वह गाने-बजाने से प्रेम रखता था। गाने की कल 'ग्रामोफोन' में भी उसने सुधार किया था। तार की कल में भी आवश्यक सुधार की बात वह सोचा करता था। वह चाहता था कि कोई ऐसा उपाय क्या जाए, जिससे एक ही तार द्वारा एक ही समय में भिन्न-भिन्न तरह की खबरें एक स्थान से दूसरे स्थान को भेजी जा सकें। इसके अतिरिक्त उसका यह भी विश्वास था कि जब तार द्वारा एक जगह का संकेत दूसरी जगह भेजा जा सकता है, तब मनुष्य की बोली तार द्वारा क्यों नहीं भेजी जाएगी? किंतु चूँकि उस समय वह तार में सुधार करने के विषय में छानबीन कर रहा था, अतः इस ओर वह पूरी तरह ध्यान न दे सका।

किंतु बीच में एक ऐसी घटना घटी कि उसको अपनी 'टेलीफोन' वाली बात की सत्यता जँच गई। तार में सुधार करने के लिए अपने साथी 'वाटसन' के साथ वह प्रयोग

कर रहा था। दोनों मित्र दो घरों में अलग-अलग रहते थे। उन दोनों घरों में तार का संबंध लगा दिया था। दोनों इसी तार द्वारा सुधार की परीक्षा करते थे। एक दिन 'वाटसन' जब अपने घर में बैठा तार की कल की देखभाल कर रहा था कि अचानक उसकी 'स्पि्रग' में गड़बड़ी हो गई और कई बार सुधारने पर जब 'स्पि्रग' दुरुस्त न हुई तब क्रोध में आकर वह उसे हथौड़े से पीटने लगा। इधर 'ग्राहम' अपने घर में बैठा अपनी कल को देख रहा था। उसे मालूम हुआ कि उसकी कल खूब हिल रही है। उसने घबराकर उस कल को अपने कान से लगाया, तब तो स्प्रिंग पर हथौड़े मारने का टन्, टन्, टन् शब्द उसे साफ सुनाई पड़ा। कुछ देर तक तो वह हक्का-बक्का रहा—फिर दौड़कर 'वाटसन' के घर गया। वहाँ देखता क्या है कि वह ताबड़तोड़ मार रहा है। उस समय 'ग्राहम' की खुशी का ठिकाना न रहा! सोचा—जब हथौड़े की चोट की आवाज तार द्वारा सुनाई पड़ सकती है, तो भला मनुष्य की आवाज क्यों न सुनाई पड़ेगी। बड़े ही उत्साह से उसने 'वाटसन' से अपने मन की बात बताई। 'वाटसन' भी बड़ा प्रसन्न हुआ। बस, तार में सुधार की बात छोड़, इस नई कल के बनाने की ओर दोनों मित्र झुके। 'वाटसन' कल-पुर्जे बनाने में बड़ा उस्ताद था—'ग्राहम' के कहने के मुताबिक इस तार की कल में सुधार कर उसने टेलीफोन का कल बना डाली। एक दिन वह अपनी कोठरी में बैठा उस कल को हाथ में लिये था, कि एकाएक उसमें से एक आवाज सुनाई पड़ी—''मिस्टर वाटसन! इधर आओ, एक जरूरी काम है।''

यह ग्राहम की बोली थी। संसार में पहले-पहल टेलीफोन में वही शब्द कहा गया। दोनों मित्रों के आनंद का ठिकाना न रहा। 'ग्राहम' दौड़ा हुआ अमेरिका के पेटेंट-ऑफिस में आया और अपनी इस नई कल (टेलीफोन) की रजिस्ट्री कराने की दरखास्त दी। आश्चर्य की बात तो यह है कि पेटेंट-ऑफिस में उसके दरखास्त देने के कुछ ही मिनट बाद 'ग्रे' नामक एक और आदमी वहाँ आया और उसने भी दरखास्त दी। मैंने टेलीफोन का आविष्कार किया है। किंतु चूँकि 'ग्राहम' की दरखास्त पहले पहुँच चुकी थी, इसलिए 'ग्रे' की दरखास्त नामंजूर की गई। संसार ने 'ग्राहम वेल' को ही टेलीफोन का प्रथम आविष्कर्ता माना।

किंतु झमेला यहीं खत्म नहीं हुआ। इसकी व्यावहारिक उपयोगिता के बारे में लोगों को पूरा संदेह था। अमेरिका की एक प्रदर्शनी के मौके पर वेल अपने औजार लेकर गया कि लोगों को इसकी उपयोगिता समझाऊँ। किंतु, इसके लिए जिन्हें निर्णायक बनाया गया था, वे लोग उसके औजार को जाँचने को भी तैयार नहीं थे—''क्या हुआ यदि तार से आदमी की बोली भी भेजी जा सके।'' संयोग से उसी समय ब्राजील का नवयुवक राजा पहुँचा। उसने वेल को उसके गूँगे-बहरे स्कूल में देखा था। वेल का अभिवादन कर वह उसके औजार को देखने लगा और जब टेलीफोन द्वारा बातचीत शुरू

की गई तो वह आश्चर्य से उछल पड़ा—"अरे, यह बोलता है?" फिर तो निर्णायकों ने भी परीक्षा की और बताया—"इससे अधिक आश्चर्यजनक चीज अमेरिका भर में नहीं है।"

धीरे-धीरे अमेरिका का ध्यान वेल के इस आविष्कार की ओर गया। सबसे पहले 1877 में टेलीफोन द्वारा एक बिजली कंपनी और उसके मालिक के घर से संबंध जोड़ा गया। थोड़े ही दिनों में टेलीफोन के लिए ऐसी रुचि बढ़ी कि, उसके विकास के लिए एक कंपनी खड़ी की गई। उसकी एजेंसी के लिए कंपनी के दफ्तर के सामने लोगों की भीड़ लगी रहती थी।

प्रारंभ का टेलीफोन बहुत ही भद्दा और असुविधाजनक था। टेलीफोन के दफ्तर में प्राय: लिखा रहता—"कान से मत बोलिए और मुँह से मत सुनिए।" जिन्हें बातें करनी होतीं, वे टेलीफोन-ऑफिस में जाते और वहीं से बातें करते। लोग जोर-जोर से बोलते। टेलीफोन ऑफिस उनके शब्दों के कारण पागलखाना जैसा मालूम होता। एक-एक बात में कितने मिनट लग जाते। छोटे-छोटे बच्चे ऑपरेटर का काम करते। वे बेचारे परेशान-परेशान रहते।

एडिसन ने टेलीफोन के रिसीवर में ऐसा सुधार कर दिया कि उससे आसानी से बातें की जा सकें। कार्टी नामक एक इंजीनियर ने टेलीफोन की लाइन ले जाने, उसके केंद्रीय कार्यालय द्वारा संचालन और वितरण आदि के क्षेत्र में कमाल कर दिखाया। 25 जनवरी, 1915 को बूढ़े वेल ने अपने इस आविष्कार के द्वारा एक महासमुद्र के एक छोर पर बैठकर उसके दूसरे छोर के एक सज्जन से, 3400 मील की दूरी जिनके बीच में थी, दिल खोलकर बातें कीं। इसको कमाल कहते हैं। अब तो संसार का शायद ही कोई हिस्सा हो, जहाँ टेलीफोन से संबंध नहीं लगाया गया हो।

□

ग्रामोफोन

आज से लगभग तीन हजार वर्ष पहले की बात है। चीन देश का एक सूबेदार राजधानी से लगभग 2000 कोस की दूरी पर रहता था। एक समय उसको चीन-नरेश के पास एक आवश्यक समाचार भेजने की आवश्यकता हुई। वह समाचार बहुत ही आवश्यक और गुप्त था। उसके खुल जाने से राज्य को भारी हानि होने का भय था। इसलिए किसी दूत के द्वारा कहलाना या चिट्ठी लिखकर भेजना उचित नहीं था। कई कारणों से वह अपने सूबे से हटकर राजधानी को जा भी नहीं सकता था। अंत में उसने बहुत सोच-विचार करके अत्यंत परिश्रम और बुद्धिमानी से एक संदूकचा तैयार किया। उसमें अपना संदेश कहकर उसका ढक्कन अच्छी तरह बंद कर दिया और राजा के पास भेज दिया।

राजा ने ज्यों ही उस बक्स को खोला, सूबेदार की सभी बातें सुनाई पड़ने लगीं। इतना ही नहीं, वह आवाज भी ठीक-ठीक सूबेदार की आवाज से मिलती-जुलती थी।

यही 'ग्रामोफोन' के जन्म की आदिकथा कही जा सकती है।

चीन देश में इस प्रकार समाचार भेजने की रीति खूब प्रचलित हुई। लड़ाई के समय, शत्रुओं पर भेद खुल जाने के डर से गुप्त समाचार अधिकतर इसी प्रकार भेजे जाते थे। वहाँ की दो हजार वर्ष पहले की पुस्तकों में इस प्रकार समाचार भेजने की चर्चा पाई जाती है। यहाँ तक कि बक्स के बदले ताँबे की छड़ में भी शब्द भरकर भेजे जाते थे।

इस प्रकार शब्दों को बाँधकर एक जगह बंद रखने की कला पुराने मिस्र देश में भी पाई जाती थी। वहाँ की सुप्रसिद्ध मेमननामक कब्र से नाना प्रकार के गीत आप-ही-आप सुनाई पड़ते थे। कहते हैं, फारसी निवासी गर्गा पियाडस नामक एक विद्वान् ने भी 'बोलनेवाली कल' का आविष्कार किया था।

यूरोप में भी प्राचीन काल से ही ग्रामोफोन या बोलनेवाली कल के बनाने के प्रयत्न

हो रहे थे। 1264 ई. में राजर बेकन नामक एक आदमी ने लोहे की एक मूर्ति बनाई थी। उसमें कुछ ऐसे पुर्जे लगे थे कि वह मूर्ति बोलती थी और उसकी आवाज साफ-साफ सुनी जाती थी।

इटली देश के पोल्य नामक एक सुप्रसिद्ध मनुष्य ने 1580 ई. में एक नल में शब्द को बंद कर रखा था। चाहे जब वह लोगों को नल द्वारा शब्द सुनाकर आश्चर्य में डाल देता था। इसी प्रकार 1682 ई. में एक ग्रैंडर नामक जर्मनी निवासी आँख के डॉक्टर के काँच की बोतल में शब्द को बंद कर रखा था। वह जब-तब उस बोतल की आवाज सुनाकर लोगों को चकित कर देता था।

सुप्रसिद्ध गणितज्ञ लिओनाड ह्वीलर ने भी सन् 1761 में एक बोलनेवाली कल बनाने के कुछ उपाय सोचे थे। उन्होंने समाचार-पत्रों में अपने सोचे हुए उपाय छपवा दिए। इसी रीति के अनुसार 1797 ई. में पीटर्सबर्ग की एक विज्ञान-सभा एक प्रकार की 'बोलने की कल' बनाने में सफल हो सकी थी।

1859 ई. में कोनिंग नामक एक जर्मन ने भी स्कॉट नामक एक अंग्रेज की सहायता से फोनो-ओटोग्राफ नामक एक कल बनाई थी। यह कल तब तक की बनी सभी कल से अच्छी निकली। आजकल का ग्रामोफोन इसी कल का सुधारा और सँवारा हुआ रूप है—ऐसा कहा जा सकता है।

यद्यपि बहुत पुराने जमाने से ग्रामोफोन बनाने के प्रयत्न होते आ रहे थे और इस विषय में क्रमशः बहुत कुछ सफलता भी मिलती आ रही थी, तथापित, ग्रामोफोन का आविष्कर्ता होने का सारा श्रेय अमेरिका निवासी एडिसन साहब को ही दिया जाता है। उन्होंने ही ग्रामोफोन को उसके आजकल के रूप में तैयार किया है। इसकी कथा भी बड़ी विचित्र है।

1876 ई. में एडिसन साहब टेलीफोन में कुछ आवश्यक सुधार करने के प्रयत्न में थे। शब्दों के अधिक कंपन दूर करने के लिए टेलीफोन किसी पतले आवरणयुक्त भाग में एक सुई घुसाकर वह उसे अंगुली से दबाए हुए थे। अकस्मात सुई उनकी अंगुली में घुस गई। लहू की दो-चार बूँदें टपक पड़ीं। उसी समय उन्होंने सुई के अगले भाग की ओर से एक प्रकार का शब्द निकलते हुए सुना। सुनकर वे समझ गए कि ग्रामोफोन बनाने में अब अवश्य सफलता मिलेगी। फिर तो थोड़े ही दिनों बाद उन्होंने इसे बनाकर संसार को चकित ही कर दिया।

एडिसन साहब को अपने जीवन-काल में ही अपनी कीर्तिलता को फूला-फला और संसार भर में फैला हुआ देखकर कैसा आनंद हुआ होगा?

एडिसन साहब के आविष्कार के बाद टेलीफोन के आविष्कर्ता अलेक्जेंडरग्राहम वेल ने अपने दो सहकारियों के साथ 1891 ई. में इस काम के लिए कंपनी खड़ी की और आजकल के ढंग का ग्रामोफोन बनाकर संसार के बाजार में चलाया।

अमेरिका निवासी एमिल-बालिनर ने सूस नामक एक मिस्त्री की सहायता से नली या चूड़ीवाले ग्रामोफोन के बदले चक्कावाला ग्रामोफोन बनवाया।

उसी ने इसके तबे में भी बहुत कुछ सुधार किया। इस 'बोलनेवाली कल' का नाम भी ग्रामोफोन रखा। 'हिंज मास्टर्स वॉयस' नामक कुत्ते की छापवाला ग्रामोफोन उसी का बनाया हुआ है।

ग्रामोफोन में पहले अधिक कल-काँटे नहीं थे। 'रेकॉर्ड' बजाने के समय उसे हाथ से ही घुमाना पड़ता था। बाद में घड़ी के समान उसमें कल-पुर्जे लगाए गए, जिससे वह अब खुद घूमता है। पर अब तो बिजली के बल पर भी ग्रामोफोन के तवे घुमाए जाते हैं।

इसी तरह और भी सुधार हुए। पहले रेकॉर्ड बजाने के समय कुछ भद्दे शब्द सुन पड़ते थे। जोंस नामक एक अमेरिकन ने बहुत छानबीन के बाद उस ऐब को भी दूर कर दिया।

फिर, रेकॉर्ड के गीत सुनने के लिए पहले रबड़ की एक नली कान में लगानी पड़ती थी। जिसके पास वह नली होती थी, वही शब्द सुन सकता था। तब इस ऐब को दूर करने के लिए ग्रामोफोन में भोंपू बनाया गया। किंतु अब तो बिना भोंपू के भी ग्रामोफोन के शब्द सुन पड़ते हैं। सच पूछो तो ऐसे ग्रामोफोन में बक्स के भीतर ही भोंपू छिपा रहता है।

हंगरी राज्य में मीकीफोन नामक एक तरह का ग्रामोफोन चला है। वह देखने में एक छोटी सी घड़ी के बराबर है। घड़ी के समान ही उसमें भी चाबी देनी पड़ती है। शीशे के एक गिलास पर उसे रखकर चाबी दे दो, बस, बारह तबे तक गीत सुनते जाओ। आवाज भी साफ, मीठी और ऊँची होती है—घर भर के लोग सुन सकते हैं।

इतना ही क्यों, फोटोफोन नाम की एक प्रकार की दूसरी कल भी बनी है, उसमें गानेवाले की तसवीर भी दीख पड़ती है। और, अब तो ग्रामोफोन में गाने के साथ-साथ ऐसा प्रबंध हो रहा है कि गानेवाला अगर नचनिया भी है, तो बाजे पर उसकी मूर्ति नाचती हुई दीख पड़ेगी।

□

सिनेमा

देख तमाशा देख—राजा-रानी देख—आल्हा-ऊदल देख—देख तमाशा देख—एक मन की रानी देखो, नौ मन की दुलाक देखो, हावड़े का पुल देखो—ताज बीबी का रौजा देखो…

एक संदूकचा लिये आज भी देहातों में कुछ कंजड़ घूमते दिखाई देते हैं, जिन्हें देखते ही बच्चों की भीड़ लग जाती है। संदूकचे की ओर एक छेद होता है, जिसमें शीश लगा होता है। उसी शीशे से मुँह सटाकर बच्चे देखते हैं और उसकी बगल में बने छेद से तरह-तरह की तसवीरों को दिखाते और हटाते हुए कंजड़ अपनी झोली को पैसों से भरकर चल देता है।

ऐसे संदूकचे दिखानेवाले कंजड़ यूरोप और अमेरिका में भी घूमा करते थे। हम संदूकचे को देखते रह गए और उन लोगों ने इसे ही देखकर सिनेमा जैसी चीज बना डाली।

सबसे पहले रोजेट नामक व्यक्ति ने 1824 में यह प्रकाशित किया कि चलती-फिरती चीजों की भी तसवीर लोगों के सामने रखी जा सकती है। इंग्लैंड के वैज्ञानिकों का ध्यान इस ओर गया और उन्होंने इस संबंध में प्रयोग करना शुरू किया। इस संबंध में यूरोप के दूसरे देशों में भी कुछ काम शुरू हुआ। किंतु 1860 में सेरल नामक एक अमेरिकन ने बहुत कुछ कमाल कर दिखाया। अपने बच्चों की तसवीर उसने अलग-अलग काम करते हुए खींची और फिर उन तसवीरों को एक संदूकचे में रखकर इस तरह नचा दिया कि लोगों को मालूम हुआ कि बच्चे काम अभी-अभी कर रहे हैं। लेकिन तब तक फोटो लेने की कला का विकास नहीं हुआ था। बहुत देर तक अक्स लेने पर तसवीर आती थी, इसलिए इस संबंध में ज्यादा उन्नति नहीं हो पाई।

1872 में कैलिफोर्निया में मोब्रिज नामक एक वैज्ञानिक ने इस संबंध की जो चित्रावली तैयार की, उसे पहला चलचित्र कहा जा सकता है। दौड़ते हुए घोड़ों के चित्र

उसने लिये। तब तक फोटोग्राफ में भी काफी उन्नति हो चुकी थी। 12000 सेकेंड में ही एक तसवीर उस समय खींची जा सकती थी। घुड़दौड़ की यह तसवीर जब फ्रांस में दिखाई गई, तो वहाँ के वैज्ञानिकों ने मोब्रिज को फ्रांस बुलवाया और इस संबंध में काफी उन्नति की गई।

लेकिन सिनेमा को आज का रूप देने का श्रेय एडिसन को है, जो अपने समय में जादूगर समझा जाता था। कुछ लोग उसे संसार का सबसे बड़ा वैज्ञानिक अब तक मानते हैं। ग्रामोफोन बनाने के बाद उसका ध्यान मोब्रिज के इस चलचित्र की ओर गया और उसने तरह-तरह के चलचित्र के प्रयोग शुरू किए। दो सालों के घोर परिश्रम के बाद उसने 1889 में पचास फीट की एक रील तैयार करके संसार को चकित कर दिया। सेल्यूलाइड पर चलती-फिरती चीजों की तसवीर खींचकर उसने लोगों को दिखाया जिसमें चीजें हू-ब-हू चलती-फिरती हुई मालूम पड़ती थीं।

सिनेमा की इस मशीन को एडिसन ने अमेरिका में टेस्ट करा लिया था। इसलिए इस संबंध में अमेरिका के दूसरे वैज्ञानिकों के प्रयोग कुछ दिनों के लिए रुक गए। लेकिन यूरोप में ये मशीनें मँगाई गईं और उन पर तरह-तरह की खोज-ढूँढ़ जारी रही। अब तक ये तसवीरें संदूकचे में ही बंद थीं और लोग छेद से देखते थे। एडिसन का कहना था कि तसवीरें बाहर दिखाई जाएँगी तो फिर नवीनता न रहेगी और लोग इस पर आकृष्ट न होंगे। लेकिन फ्रांस के वैज्ञानिक लुमी ने 1895 में पहले-पहल चलती-फिरती इन तसवीरों को परदे पर दिखाकर संसार को अचरज में डाल दिया।

सिनेमा की रीलों की लंबाई भी धीरे-धीरे बढ़ती गई। जहाँ एडिसन ने पचास फीट से शुरू किया था, वहाँ अब एक हजार फीट की रील तैयार होने लगी। उसने फोटो लेने की क्रिया में भी उन्नति की। हलके-फुलके कैमरे बनाए गए जो आसानी से बाहर ले जाएँ और उनसे बाहर की दुनिया के दृश्यों को तसवीरों में खींच लिया जाए। लुमी ने तो इसे व्यापार का रूप दे दिया और उसकी खींची हुई तसवीरें सभ्य संसार में जहाँ-तहाँ दिखाई जाने लगीं। काफी पैसे मिलने लगे।

लेकिन दो बातों ने सिनेमा की उन्नति को दस वर्षों के लिए रोक दिया। पेरिस में भयानक आग लगी। अतः उसके प्रदर्शन पर प्रतिबंध लगा दिया गया। फिर एडिसन ने पेटेंट को लेकर झगड़ा शुरू किया—सिनेमा का आविष्कारक मैं हूँ, इसलिए दूसरे लोग इससे नाजायज फायदा क्यों उठाएँ?

एडिसन के ही एक कर्मवीर ने, यह देखकर कि सिर्फ दृश्यों या घटनाओं को देखने से लोग ऊब रहे हैं, 1903 में, पहले-पहल एक पूरी कथा की चित्रावली तैयार की। उसका नाम था—'लाइफ ऑफ अमेरिकन फायर मैन।' जब इस तसवीर पर लोग टूट पड़े, तब उसने उत्साहित होकर एक दूसरी तसवीर तैयार की—'दी ग्रेट ट्रेन रौबरी।'

ट्रेन-डकैती की इस सनसनीपूर्ण कहानी को चित्र में देखकर तो लोगों के आश्चर्य और आनंद की सीमा नहीं रही। उस फिल्म ने सिनेमा के आधुनिक रूप के लिए दरवाजा खोल दिया।

1901 में ग्रिफिथ नामक एक नौजवान अमेरिकन ने सिनेमा की कला में पहले-पहल 'क्लोज-अप', 'कट-बैक', 'शेट आउट' और 'डेजोल्वे' की टेक्निक का प्रयोग किया और अब तक की प्रथा तोड़कर सोलह दृश्योंवाला सोलह हजार फीट की 'वेनहुर' नामक तसवीर संसार के सामने रखी।

धीरे-धीरे तसवीर खींचने की कला ज्यों-ज्यों तरक्की करती गई, तसवीर में भाग लेने के लिए नट और नटनियों की ओर ध्यान जाने लगा। अच्छे-अच्छे अभिनेताओं को अब सिनेमा की तसवीर के लिए निमंत्रण मिलने लगा। सारावनहार्ट को जब 1912 में रानी एलिजाबेथ के रूप में लोगों ने चित्रपट पर देखा तो धूम मच गई, और अब नट-नटनियों के लिए चलचित्र एक बहुत बड़ा पेशा हो गया।

1914 की लड़ाई ने सिनेमा की प्रगति को कुछ दिनों तक रोक दिया। लेकिन यह रुकावट भयानक उभार की भूमिका सिद्ध हुई। तसवीरों में तरक्की-पर-तरक्की होने लगी, सभी देशों में इसको बनाने और वितरण करने की कंपनियाँ खुलने लगीं।

एडिसन ने ही आवाज को पकड़ने के लिए ग्रामोफोन का आविष्कार किया था। अब लोग सोचने लगे—क्या इन चित्रों को ग्रामोफोन से संबंध करके बोली नहीं दी जा सकती है? जहाँ चाह वहाँ राह! 1926 में पहले-पहल बोलनेवाली चित्रावली आई और चारों ओर 'टौकी' की धूम मच गई। आवाजवाली पहली तसवीर वारनर-बंधुओं द्वारा प्रस्तुत की गई थी और उसका नाम था 'डोनजुआन'।

उसके बाद ही रंगीन तसवीर आईं। कलाकारों के लिए सिनेमा एक बहुत बड़ा क्षेत्र बन गया। अमेरिका में 'हॉलीवुड' के नाम से उनकी एक रंगीन बस्ती ही बस गई है।

□

बे-तार का तार

यों तो हम लोग दिन-रात बे-तार के तार का प्रयोग करते हैं! जब हम कोई शब्द बोलते हैं, वह दूर पर खड़े हमारे दोस्त के कानों में पड़ता है। हमारे और हमारे दोस्त के बीच में कोई तार तो नहीं होता! फिर यह शब्द किस तरह उसके कानों में पहुँच जाता है। क्या हमारे और उसके बीच कोई बे-तार का तार है?

वैज्ञानिकों ने पता लगाया कि हाँ, बीच में एक ऐसा पदार्थ है, जो हमारे शब्दों को ढोकर मित्र तक पहुँचा देता है। यह पदार्थ है ईथर। वायुमंडल ईथर से भरा हुआ है। जब हम किसी तालाब में ढेला फेंकते हैं, तब पानी में तरंगें उठती और वह तालाब के एक छोर से दूसरे छोर तक पहुँच जाती हैं। उसी तरह जब हम कुछ बोलते हैं, तब ईथर में एक तरंग पैदा होती है और वही तरंग मित्र के कानों तक हमारे शब्दों को पहुँचा देती है। जिस प्रकार पानी की तरंग धीरे-धीरे कम होने लगती हैं, वही हाल ईथर की तरंग का भी है। यही कारण है कि ज्यादा दूर होने पर हमारा मित्र हमारी पुकार नहीं सुन पाता है।

ईथर के बारे में अध्ययन करते समय हट्र्ज नामक एक जर्मन वैज्ञानिक ने पता लगाया कि ईथर में बिजली की तरंगें दौड़ा करती हैं और उन तरंगों की गति उतनी द्रुत है जितनी प्रकाश की। यदि किसी उपाय से उन विद्युत्-तरंगों का संबंध शब्द से करा दिया जाए, तो वे हमारे शब्दों को पलक लगते ही दूर-दूर देशों तक पहुँचा दिया करें। यही नहीं, उसने यहाँ तक पता लगाया कि विद्युत्-तरंगों द्वारा भेजे जानेवाले शब्दों को पकड़ा भी जा सकता है।

हट्र्ज के इस आविष्कार के बाद बहुत से वैज्ञानिक इसका प्रयोग करने लगे कि बिना तार के भी संदेश भेजे जा सकते हैं या नहीं। हमारे देश के परम प्रसिद्ध वैज्ञानिक श्री जगदीशचंद्र बसु ने भी इस संबंध में काम किया था। कहा जाता है, उन्हें इस संबंध में काफी सफलता प्राप्त हो चुकी थी, किंतु बे-तार के तार का आविष्कर्ता होने का सौभाग्य तो प्राप्त करना था इटली के एक नौजवान को।

इस नौजवान का नाम मार्कोनी था। इटली के एक मामूली गाँव में उसका जन्म हुआ था। उसकी माँ आयरलैंड की थी, इसलिए मार्कोनी ने अपनी भाषा इटालियन के अतिरिक्त अंग्रेजी भी बहुत अच्छी सीख ली थी। अंग्रेजी के इस ज्ञान ने बाद में उसकी पूरी मदद की।

मार्कोनी का मस्तिष्क बचपन से ही वैज्ञानिक था। इस समय बिजली, तार, टेलीफोन आदि की धूम थी और तरह-तरह के प्रयोग हो रहे थे। हर चुना नौजवान इनके संबंध में कुछ-न-कुछ कर दिखाना चाहता था। मार्कोनी ने भी सोचा कि वह कुछ करके रहेगा। उसने हट्‌र्ज के आविष्कारों का अध्ययन किया और उसे मूर्त रूप देने के लिए तरह-तरह के प्रयोग करने लगा। अपने बाप के बगीचे के दो छोर पर उसने दो प्रयोगशालाएँ खोलीं और उन दोनों के बीच बिना तार के तार भेजने का प्रबंध करने लगा। इस क्रिया में संदेश भेजने और उसे ग्रहण करने के औजारों की ही प्रमुखता थी। इधर विद्युत्-तरंगों को पकड़ने की योग्यता किन पदार्थों में है, उनकी खोज-ढूँढ़ की। फिर उसने पाया कि संदेश भेजने का आधार जितना ही ऊँचा होता है, उतनी ही अधिक गति से अधिक-से-अधिक दूरी तक संदेश भेजा जा सकता है। लोगों को आश्चर्य होता, जब बागीचे में लंबे-लंबे खंभे खड़े कर दिन भर यहाँ-से-वहाँ दौड़ा फिरता और प्रयोगशाला में खट-खट खुट-खुट किया करता। दिन-रात के चौबीस घंटों में अठारह घंटों तक यह लगातार काम किया करता।

आखिर उसे मालूम हो गया कि उसे सफलता मिलेगी। किंतु वह जानता था कि उसका देश पिछड़ा हुआ है, अतः वहाँ उसके इस आविष्कार की कोई कद्र नहीं हो सकेगी। फलतः वह इंग्लैंड आया और यहाँ आकर वह इंग्लैंड के जनरल पोस्ट ऑफिस के चीफ इंजीनियर से मिला। बड़े पदों पर पहुँचे हुए लोग नौजवानों को कल्पनाशील और प्रमादी समझकर प्रायः अवहेलना करते हैं। किंतु, सर विलियम ग्रीस ऐसे लोगों में नहीं थे। इधर आँधियों के कारण तार की लाइन बार-बार खराब हो जाया करती थी, इसलिए वह भी बे-तार के तार की दिशा में कुछ सोच रहे थे। उनके सामने जनरल पोस्ट ऑफिस में मार्कोनी ने अपने औजारों का प्रदर्शन किया और बे-तार के तार द्वारा एक सौ गज तक वह संदेश भेज सका। सर विलियम उसके इस आविष्कार से पूर्णतः संतुष्ट हुए और उनकी मदद से वह प्रयोग-पर-प्रयोग करने लगा।

मार्कोनी की सफलता का स्वर्ण वर्ष है 1902 ई.। वह कार्नबाल के पोल्डु नामक स्थान पर संदेश भेजने के लिए खंभे खड़े कर तथा अपने एक सहकारी को संदेश भेजने का औजार देकर वह स्वयं न्यूफाउंडलैंड के टापू में गया और वहाँ भी खंभे खड़े कर तार द्वारा उसका संबंध अपने कानों से लगाकर वह उत्सुकता से प्रतीक्षा करने लगा। उसने सहकारी को कह रखा था कि तुम सिर्फ तीन बार टिक-टिक-टिक कर देना। यदि

इतना संक्षिप्त संदेश मिल गया, तो फिर क्या कहना? बड़े गंभीर चेहरे से वह प्रतीक्षा कर रहा था कि अचानक उसके कानों में टिक-टिक-टिक की आवाज हुई। उसका चेहरा खिल उठा। अपनी सफलता के आनंद में वह बहुत देर तक विभोर रहा।

मार्कोनी की इस सफलता का समाचार संसार के कोने-कोने में फैल गया। इटली के एक गाँव का लड़का अब संसार का महानतम् व्यक्ति बन गया। चारों ओर से बधाइयाँ आने लगीं। बहुत सी कंपनियाँ अब उसके चरणों पर लाखों रुपए रखने को तैयार थीं। थोड़े ही दिनों में संसार के कोने-कोने में बे-तार के गगनचुंबी खंभे गड़ गए।

पहले बे-तार के तार से जो संवाद भेजे जाते, वे मोर्स के तार के टिक-टिक के आधार पर ही। मार्कोनी ने इस ओर अब ध्यान दिया और दस साल के परिश्रम के बाद ऐसे औजार बना दिए कि वेल के टेलीफोन की तरह अब सीधे शब्द भेजे जा सकें।

सिर्फ यही नहीं, मार्कोनी ने यह भी पता लगाया कि तरंगों के दो भेद हैं—मध्य तरंग और छोटी तरंग—मीडियम वेव और शॉर्ट वेव। दूर तक संदेश भेजने के लिए छोटी तरंग ही उपयुक्त है और उसने इस आश्चर्यजनक बात का पता पा लिया कि छोटी तरंग दिन में पश्चिम की ओर और रात में पूरब की ओर जाती है।

बहुत लोगों का कहना है कि यह युग मार्कोनी का युग है। भाप और बिजली के आविष्कारों ने जिस तरह मानव को प्रकृति पर विजय करने की अमोघ शक्ति दी, उसी प्रकार बे-तार के तार के इस आविष्कर्ता ने मानव की सुरक्षा और सुख में अपार वृद्धि कर दी है। अब दूसरी तो कोई चीज नहीं रह गई। इस आविष्कार के चलते सामुद्रिक दुर्घटना की संभावना जाती रही। अब हर जहाज पर बे-तार के तार का सेट रखा जाता है और ज्योंही किसी बात की आशंका हुई, तुरंत बाहर खबर करके सहायता प्राप्त कर ली जाती है। इसी आविष्कार के कारण रेडियो संभव हो सका है, जो घर-घर में ज्ञान और मनोरंजन पहुँचा दिया करता है।

□

रेडियो

बे-तार के तार से बहुत दिनों तक सिर्फ कुशल-पत्र या दूसरे संदेश भेजे जाते रहे। जिसे कोई समाचार जल्दी भेजना होता, वह बे-तार के तार के स्टेशन पर जाकर दे देता। वह उस समाचार को अपने दूसरे स्टेशन पर भेज देता, जहाँ से तार की तरह लिखकर पानेवाले आदमी के पास भेज दिया जाता। इसे 'रेडियोग्राम' कहते हैं।

धीरे-धीरे लोगों का ध्यान इसके मनोरंजन-पक्ष की ओर गया। क्या ऐसा नहीं किया जा सकता कि किसी बड़े रेडियो-स्टेशन से तरह-तरह के समाचार और संगीत प्रसारित किए जाएँ और हर चाहनेवाला आदमी अपने-अपने घरों में ही सुन सके?

इसके लिए दो बातों की जरूरत हुई—(1) ऐसे स्टेशन जहाँ से समाचार और संगीत प्रसारित किए जाएँ। (2) ऐसा हलका रेडियो का बनाना जो हर घर में कम कीमत पर रखा जा सके।

वैज्ञानिकों और व्यापारियों ने इस ओर चेष्टाएँ शुरू कीं। 1916 ई. में एक अमेरिकन वैज्ञानिक ने इसमें अधिक सफलता प्राप्त की। उसने ऐसे औजार बनाए जिनके द्वारा संगीत भेजे और प्राप्त किए जा सकते थे। लेकिन इसके विकास में पाँच-छह साल और लग गए। 1921 में इसके लिए एक कंपनी खड़ी की गई। इस कंपनी ने अपना एक ऐसा स्टेशन बनाया, जहाँ से समाचार और संगीत प्रसारित किया जा सके और जनता के हाथ ऐसी पेटियाँ बाँटीं, जिनसे समाचार और संगीत सुने जा सकें।

शुरू में ये पेटियाँ उसी तरह आवाज नहीं सुनाती थीं, जिस तरह आज सुनाती हैं। इन पेटियों में टेलीफोन की तरह एक हैंडिल लगी रहती थी। उस हैंडिल को कान से लगाकर लोग समाचार और संगीत सुनते थे। एक बार में एक ही आदमी पेटी से समाचार या संगीत सुन सकता था।

फिर हैंडिल की जगह पर लाउडस्पीकर लगाकर इन पेटियों को सबके सुनने लायक बना दिया गया।

यों ही शुरू में कुछ निश्चित दूरी तक ही समाचार या संगीत प्रसारित किए जा सकते थे। बहुत दिनों तक 300 से 400 मीटर तक ही ध्वनि प्रसारित की जाती रही। आज जिसे 'मिडियम वेव' कहते हैं, रेडियो उन्हीं पर काम करता था। लेकिन धीरे-धीरे 'शॉर्ट वेव' का पता लगा और 15 से 60 मीटर तक काम होने लगा। शॉर्ट वेव कहने को तो छोटी तरंग है, लेकिन इसी पर दुनिया के कोने-कोने से संगीत या समाचार पकड़ सकते हैं।

रेडियो के समाचार और संगीत जहाँ से प्रसारित किए जाते हैं, उसे रेडियो-स्टेशन कहते हैं। इस रेडियो-स्टेशन में कई विभाग होते हैं। सबसे प्रमुख तो 'स्टूडियो' है जहाँ से संगीत, समाचार और भाषण प्रसारित किए जाते हैं। एक छोटे से काँच से घिरे कमरे से यह घोषणा की जाती है कि अमुक गायक, वक्ता या पाठक, संगीत, भाषण या समाचार सुना रहे हैं। फिर ये लोग माइक्रोफोन के सामने खड़े होकर या बैठकर गाते या भाषण देते हैं। माइक्रोफोन में इन्होंने जो कुछ कहा, वह वहाँ से कंट्रोल रूम में चला जाता है। कंट्रोल रूम आवाज को बढ़ा देता है। साधारणत: जिस आवाज में लोग बोलते हैं, उससे दो से तीन हजार गुना अधिक कर दिया जाता है। जरा कल्पना कीजिए कि कभी आपको कंट्रोल रूम से ही सीधे आवाज सुननी पड़े—अपनी ध्वनि को कई हजार गुना बढ़ी हुई सुनकर आप स्वयं भय-विमुग्ध हो जाएँगे और कान की झिल्ली फटेगी, वह अलग।

हर रेडियो-स्टेशन से कुछ दूर पर एक ऊँचा स्तूप सा बना होता है, जिसे ट्रांसमीटर कहते हैं। कंट्रोल रूम से आवाज ट्रांसमीटर के पास भेज दी जाती है, जहाँ से वह उसे ईथर के सुपुर्द कर देता है, जिसकी विद्युत्-तरंगें बात-की-बात में उसे संसार के कोने-कोने में पहुँचा देती हैं। रेडियो-स्टेशन का एक हिस्सा वह भी होता है, जहाँ रेडियो ऐसे बनाए गए होते हैं कि उसमें बाहर का कोई शब्द नहीं पहुँच सके। रेडियो का माइक्रोफोन ऐसा तेज होता है कि छोटी-से-छोटी आवाज को भी पकड़ लेता है। अत: स्टूडियो में वक्ता या कलाकार को बहुत सावधानी से काम लेना होता है।

रेडियो का जो सेट श्रोताओं के घर में होता है, वह भी बड़ा नाजुक औजार है। उसमें रेखाएँ खिंची होती हैं जो मीटर का निर्देश करती हैं। हर रेडियो-स्टेशन के अपने-अपने मीटर होते हैं। बड़े-बड़े स्टेशनों के कई मीटर भी होते हैं। रेडियो-सेट की सुई को निश्चित मीटर पर रखकर उस स्टेशन के कार्यक्रम को सुना जा सकता है।

अब के रेडियो-सेट में हम केवल शब्द ही सुनते हैं। मानो हम ऐसी दुनिया में हैं, जहाँ आँख नहीं हैं, सिर्फ कान ही हैं। किंतु अब टेलीविजन का आविष्कार हुआ है, जिसके सेट में वक्ता और कलाकार के चित्र भी देखे जा सकते हैं।

रेडियम

एक दिन एक कंजड़ बुढ़िया ने एक नन्हीं बच्ची का हाथ देखा और कहा—बेटी, तू संसार में नाम करेगी।

छह साल की छोटी सी बच्ची और नाम! उसने या किसी ने क्या सोचा कि बुढ़िया की बात सच होकर रहेगी।

यह बच्ची तिरेसठ साल की उम्र में मरी। मरने के पहले दो बार इसे नोबेल पुरस्कार प्राप्त हुआ। आज तक यह पुरस्कार दोबारा पाने का सौभाग्य किसी को नहीं हुआ है। लगभग सवा लाख रुपए का यह पुरस्कार संसार के सभी पुरस्कारों में बड़ा है।

यह बच्ची श्रीमती कुरी के नाम से संसार में प्रसिद्ध हुई। पोलैंड में इसका जन्म हुआ था। जब वह बच्ची थी, पोलैंड पर जारशाही रूस का राज्य था। जार के अत्याचारों के खिलाफ पोलैंड के नौजवानों ने एक गुप्त दल संगठित कर रखा था। जब यह पढ़ती थी तभी इस क्रांतिकारी दल में शामिल हुई। पीछे जब पता चला कि पुलिस गिरफ्तार करने की धुन में है, तब भागकर वह फ्रांस में पहुँची।

पेरिस में यह लड़की, जिसका नाम मेरिया था, एक सँकरा सा मकान लेकर रहती, खुद कॉलेज में पढ़ती और पढ़ाती भी। घर के सारे काम उसे अपने हाथों करने पड़ते। रूखा-सूखा खाती, इतने दिनों तक ऐसे भोजन पर वह रही कि जब अच्छे दिन आए तो वह उन दिनों की याद करके उसाँसें भरती—उफ, मांस-मछली क्या चीज है, मैं बिलकुल भूल गई थी।

पेरिस में एक प्रोफेसर से मेरिया की जान-पहचान हुई। मेरिया को जिस तरह विज्ञान का शौक था, इस प्रोफेसर को भी उससे कम नहीं था। दोनों एक साथ तरह-तरह के वैज्ञानिक अनुसंधानों में लगे रहते। एक दिन प्रोफेसर ने मेरिया से कहा—क्यों न हम दोनों विज्ञान और मानवता के कल्याण के लिए परस्पर विवाह कर लें। मेरिया ने स्वीकार कर लिया। अब तो दोनों दो शरीर एक प्राण होकर विज्ञान की सेवा में लगे।

फ्रांस के एक वैज्ञानिक ने एक नई बात का पता लगाया। उसने बताया कि यूरेनियम नामक धातु से ऐसी किरण निकलती है जो कागज को भी छेदकर ऊपर चली जाती है। फोटो लेकर उसने यह सिद्ध कर दिखाया। सबने इस नई किरण का अस्तित्व मान लिया और उसके नाम पर यह किरण 'बेकेरेल-किरण' कहलाई।

श्रीमती कुरी और उसके पति का ध्यान इस किरण की ओर गया और दोनों ने इस संबंध में खोज करना शुरू किया। इस खोज के लिए जो सामान चाहिए, कुरी दंपति के लिए उनका मिलना मुश्किल था। फिर उनका बहुत सा समय इसी में लग जाता, जिसके कारण रुपए-पैसे की भी तंगी रहती। तो भी दोनों इस काम में लगे रहे।

यह किरण जिस धातु के कारण निकलती है, अंत में इन्होंने उसका पता लगा ही लिया और उस धातु का नाम रेडियम रखा। रेडियम से तीन तरह की किरणें निकलती हैं जिनमें एक किरण की गति प्रति सेकेंड 186000 मील है। इस नई धातु के आविष्कार को जब उन्होंने 1900 ई. में पेरिस की रसायन-कांग्रेस में रखा, तब संसार भर में हलचल मच गई। कुरी-दंपति का नाम विज्ञानाचार्यों में गिना जाने लगा और 1903 ई. में उन्हें रेडियम पर अनुसंधान करने के लिए नोबेल पुरस्कार दिया गया। इस पुरस्कार का आधा हिस्सा बेकेरेल को दिया गया, क्योंकि शुरू में उसी ने इस नई किरण का पता लगाया था।

किंतु कुरी-दंपति को सिर्फ इतने से संतोष नहीं हुआ। वे रेडियम को अन्य धातुओं से विलग कर एकत्र करने की क्रिया में जुट पड़े। पिचब्लेंडी नामक धातु में रेडियम अधिक पाया जाता है। यह धातु बहुत कीमती है। लेकिन ऑस्ट्रिया की विज्ञान-परिषद् ने इस धातु का एक टन (लगभग 27 मन) उन्हें समर्पित किया। इससे अनुसंधान का काम सरल हो गया। लेकिन दुर्भाग्य की बात कि 1905 में एक दुर्घटना में प्रोफेसर कुरी की मृत्यु हो गई। मेरिया को इससे बहुत दुःख हुआ। कुछ दिनों तक तो सारे काम बंद रहे, लेकिन फिर वह काम में जुट गई और रेडियम के अनेकानेक चमत्कार दुनिया के सामने रखे, जिससे प्रभावित होकर 1911 में श्रीमती कुरी को फिर से नोबेल पुरस्कार दिया गया।

रेडियम से बढ़कर प्रकाशमान और शक्तिशाली धातु अभी तक कोई नहीं मिली है और यह मिलती भी बहुत कम है। संसार भर में सिर्फ दो-तीन छटाँक रेडियम मिल पाई है। एक तोला रेडियम निकालने में डेढ़-दो करोड़ रुपए खर्च होते हैं। रेडियम की किरणों में इतनी ताकत होती है कि वे लोहे की मोटी-मोटी चादरों को भी भेदकर ऊपर निकल आती है। रेडियम का उपयोग ज्यादातर कैंसर रोग को अच्छा करने में किया जाता है। किंतु, रेडियम ने संसार के सामने नई-नई संभावनाएँ रखी हैं। इसने सिद्ध कर दिया है कि सारे पदार्थ शक्ति के ही भौतिक रूप हैं और एक धातु को हम दूसरी धातु में बदल सकते हैं—यानी लोहे को सोना बना देना कुछ ही दिनों में आसान हो जाएगा।

श्रीमती कुरी का संसार ने बहुत सम्मान किया। सभी देशों में रेडियम की प्रयोगशालाएँ खुल गई हैं। लंदन में जब वह पहुँची तो, सभी वैज्ञानिकों ने उनकी अभ्यर्थना की। श्रीमती कुरी की सिर्फ दो लड़कियाँ थीं जिनमें से एक को रेडियम-संबंधी आविष्कारों के लिए नोबेल पुरस्कार 1935 ई. में मिला।

□

परमाणु-शक्ति

अंडे के बराबर का एक छोटा सा बम जापान के हिरोशिमा शहर पर फेंक दिया गया। पलक झपकते ही सारा शहर वीरान हो गया। अस्सी हजार आदमी मरे। बस, इस एक बम ने जापान को घुटने टेक देने के लिए मजबूर कर दिया—मित्रराष्ट्र पिछले महायुद्ध में विजयी बन गए।

यह कैसा बम है बाबा? इसमें इतनी ताकत कहाँ से आई?

सुनो, इसका नाम परमाणु बम है। सारे संसार में इसकी धूम मच गई है और आज संसार काँप रहा है कि यदि फिर लड़ाई हुई तो न जाने कौन सा राष्ट्र किस देश पर इसका प्रयोग कर दे।

यों परमाणु बम का प्रयोग तो 1945 में ही किया गया, किंतु परमाणु बम की ताकत पर खोज-ढूँढ़ तो चालीस-पचास वर्षों से चल रही थी।

हर धातु को छोटे-से-छोटे टुकड़े में बाँट देने पर जो चीज बनेगी, उसे अणु कहते हैं। अणु की अवस्था तक वह धातु अपने मूल रूप में रहती है। लोहे का अणु लोहे का ही सबसे सूक्ष्म रूप है, सोने का अणु सोने का।

लेकिन उस अणु को यदि तोड़ दिया जाए, तो धातु का रूप नहीं रह जाता। उसमें दो तरह की शक्तियाँ पैदा हो जाती हैं, जिन्हें इलेक्ट्रोन और प्रोटोन कहा जाता है। उसका सम्मिलित रूप ही परमाणु कहा जाता है।

धातु को तोड़कर अणु तक और अणु तोड़कर परमाणु तक ले जाने का काम तो बहुत दिनों से होता रहा। सोचा यह जाने लगा, क्या परमाणु को भी तोड़ा जा सकता है?

और ज्यों-ज्यों इस ओर प्रयत्न होने लगे, त्यों-त्यों अनेक आश्चर्यजनक तथ्य वैज्ञानिकों के सामने आए। आज से पचीस साल पहले कुछ वैज्ञानिकों ने ऐसी घोषणा की थी कि यदि एक बूँद पानी के परमाणु को हम अच्छी तरह तोड़ सकें, तो उससे इतनी ताकत निकलेगी कि वह हिमालय पहाड़ को उछालकर आसमान में फेंक दे।

साधारण लोगों ने वैज्ञानिकों की इस उक्ति पर दिल्लगी उड़ाई। लेकिन वे लोग प्रयत्न-पर-प्रयत्न करते रहे।

1932 ई. से तो इसमें काफी सफलता मिलने लगी। परमाणु-पर-परमाणु टूटने लगे। तत्त्वों की कायापलट होने लगी। नए-नए तत्त्व लोगों के सामने आने लगे। उसकी असीम शक्तियों की थाह मिलने लगी। एक वैज्ञानिक के शब्दों में 1933 ई. में परमाणु विच्छेद का महारुद्र-यज्ञ आरंभ हुआ।

जब 1939 ई. में महायुद्ध शुरू हुआ और जर्मनी तरह-तरह के नए अस्त्र-शस्त्र उपयोग में लाने लगा तो मित्रराष्ट्रों का ध्यान परमाणु की शक्तियों की ओर अधिक आकृष्ट हुआ। इंग्लैंड, फ्रांस एवं अमेरिका के वैज्ञानिकों ने एक साथ मिलकर काम करना शुरू किया और 1942 में इस नतीजे पर पहुँचे कि परमाणु से बम बनाया जा सकता है, जिसकी शक्ति असीम होगी।

जिस बड़े पैमाने पर और जिस निश्चिंतता से यह काम होना चाहिए, उसके लिए अमेरिका ही उपयुक्त भूमि थी। तीनों देशों के वैज्ञानिक भी—विशेषतः यहूदी—अमेरिका आए और वहाँ सबने मिलकर काम शुरू किया। इस प्रयोग में जन-धन की कोई परवाह नहीं की गई। दो एकांत स्थानों पर बड़े-बड़े कारखाने खोले गए। एक तो टेनिसी में जहाँ संसार का सबसे बड़ा बिजली का केंद्र है। सौ मील के घेरे में यह कारखाना खुला है और देखते-ही-देखते साठ हजार आदमी इसमें काम करने लगे। करोड़ों रुपया पानी की तरह बहाया जाने लगा। दूसरा कारखाना हैनफर्ड में खुला और यहाँ भी धन-जन लगाने में कोई कोताही नहीं की गई। इन दोनों कारखानों से जो नतीजे निकलते उनकी जाँच के लिए न्यूमैक्सिको के लोसआलामौस नामक जन-शून्य स्थान को चुना गया। वहाँ बड़े-बड़े वैज्ञानिक एकत्र होकर सारी बातों की जाँच-पड़ताल करते और अंत में 1945 ई. में उन्होंने यह तय किया कि हम लोग सफलता पा गए। अब कहीं इसकी जाँच करके देख लिया जाए।

न्यूमेक्सिको में ही एक मरुभूमि चुनी गई और 26 जुलाई को प्रातःकाल पहला परमाणु बम पृथ्वी पर फटा। फटते ही इतनी रोशनी हुई कि सूर्य भी छिप गया और वहाँ से उजला सा गरम धुआँ निकलकर बीस हजार फीट ऊँचे तक अंबार सा खड़ा हो गया, किंतु धीरे-धीरे फिर शांत हो गया। बीस हजार टन बारूद के उड़ने से जो शक्ति पैदा होती वह इस छोटे से बम से पैदा हुई। वहाँ कोई जीव-जंतु तो था नहीं जो मरता, लेकिन मरुभूमि का बालू गलकर शीशा बन गया।

इस सफलता की सूचना चर्चिल और ट्रूमैन को पोट्सडैम में दी गई। दोनों के आनंद की सीमा नहीं रही। हुक्म हुआ कि जापान पर इस बम को गिराओ और उसका जो फल हुआ, पहले ही बतलाया जा चुका है।

किंतु, यह तो परमाणु-शक्ति के संहार-पक्ष की बात हुई। वैज्ञानिकों ने बताया है कि इस शक्ति से निर्माण के काम में भी कमाल किया जा सकेगा। इसके प्रयोग से सहारा और राजपूताने की मरुभूमि को हरे-भरे खतों में परिणत कर दिया जा सकता है और लोहे के बड़े-बड़े शहतीरों को सोने के शहतीरों के रूप में बदल दिया जा सकता है। हर देश ने इस शक्ति की संभावनाओं पर अनुसंधान प्रारंभ किया है। हमारी राष्ट्रीय सरकार ने भी इसके लिए अनुसंधान समिति का संगठन किया है, जिसमें देश के प्रमुख वैज्ञानिक सम्मिलित हैं।

□

पौधे भी हँसते-रोते हैं

मिठाई दे दी—बच्चे हँसने लगे।

एक चपत लगा दी—बस रोना-धोना शुरू हुआ।

क्यों? क्योंकि आदमी में जान है। अनुभव करने की शक्ति है। जान तो पेड़-पौधों में भी है, लेकिन क्या उनमें अनुभव करने की शक्ति भी है?

क्या पेड़-पौधे भी रोते हैं, हँसते हैं?

लोग समझते थे—नहीं। तभी तो हम लोग किसी पौधे से पत्ते तोड़ लेने या किसी पेड़ से दंतवन तोड़ लेने में कोई हिचक नहीं लाते। पैर से किसी पौधे को कुचल देने या हाथ में कुल्हाड़ी हो तो किसी पेड़ के तने पर दो-चार हाथ चला देने में हमें क्या जरा भी संकोच होता है?

यूरोप-अमेरिका के वैज्ञानिकों की भी यह धारणा थी।

लेकिन इस धारणा को गलत साबित कर दिया हमारे ही देश के एक वैज्ञानिक ने। यद्यपि पेड़-पौधों में भी अनुभव करने की शक्ति है, यह प्रयोग करके भी उन्होंने दिखला दिया, तथापि किसी को जल्द विश्वास नहीं होता था। शायद इसीलिए यूरोप और अमेरिका के वैज्ञानिक उन्हें 'पूरब का जादूगर' कहा करते थे।

यह पूरब का जादूगर कौन था?

उनका नाम है—जगदीशचंद्र बसु। उनका जन्म पूर्वी बंगाल के ढाका जिले में हुआ था। पिताजी डिपुटी कलक्टर थे। इसलिए शिक्षा-दीक्षा अच्छी हुई। बी.ए. पास कर सिविल सर्विस में दाखिल होने की नीयत से विलायत गए। लेकिन वहाँ से लौटे विज्ञानाचार्य होकर। विलायत से लौटने पर कलकत्ता में प्रेसीडेंसी कॉलेज में विज्ञान के प्रोफेसर बनाए गए।

विद्यार्थियों को विज्ञान पढ़ाने से ही उन्हें संतोष नहीं था। नए-नए आविष्कारों की तरफ उनका स्वाभाविक झुकाव था। पंद्रह साल की उम्र में ही उन्होंने बिना तार के तार

के बारे में बहुत महत्त्वपूर्ण आविष्कार किया था। अपने इस आविष्कार को लेकर जब वह विलायत पहुँचे, तो वहाँ के वैज्ञानिक चकित रह गए। किंतु उसी समय इटली के वैज्ञानिक मार्कोनी ने बे-तार के तार का आविष्कार कर लिया था और इस क्षेत्र में वह काफी आगे बढ़ चुका था। इसलिए श्री बसु ने अपना ध्यान दूसरे आविष्कार की ओर लगाया।

बे-तार के तार के प्रयोग के ही सिलसिले में उन्होंने अनुभव किया कि कुछ धातुएँ ऐसी हैं, जिन पर बार-बार विद्युत्-तरंग का प्रयोग किया जाए तो वे थकावट सा अनुभव करने लगती हैं और फिर कुछ देर के बाद पहली हालत में आ जाती हैं। इस दिशा में अनेक प्रयोग करने के बाद उन्होंने संसार के वैज्ञानिकों के समक्ष यह सिद्धांत रखा कि भौतिक कारणों की जैसी प्रक्रिया जीवों में होती है, उसी से मिलती-जुलती प्रक्रिया धातु आदि जड़ पदार्थों में भी होती है। इस सिद्धांत की धूम मच गई और पेरिस की अंतरराष्ट्रीय भौतिक विज्ञान कांग्रेस ने उन्हें इस संबंध में भाषण देने को निमंत्रित किया।

धातुओं पर किए गए प्रयोगों में सफलता प्राप्त करने के बाद उनका ध्यान पेड़-पौधों की ओर गया और कई यंत्र बनाकर उन्होंने यह प्रत्यक्ष दिखला दिया कि सुख-दुःख का अनुभव पेड़-पौधे भी करते हैं। पेड़-पौधों में भी उसी प्रकार का स्पंदन होता है, जैसा हम लोगों की नाड़ियों में, और प्रहार, सर्दी, गरमी, विष आदि का असर भी हम लोगों की तरह ही उनपर भी होता है। वे भी आनंदित होते हैं, दुःखित होते हैं। वे भी थकते हैं, ताजा होते हैं, और उन्हें भूख-प्यास का अनुभव होता है।

अपने इस आविष्कार को लेकर श्री बसु इंग्लैंड गए, लेकिन उन्हें वहाँ अजीब तरह का अनुभव हुआ। कुछ वैज्ञानिकों ने उनकी खिल्लियाँ उड़ानी शुरू कीं तो एक ने उनके प्रयोगों को अपने नाम से छपवा दिया। लेकिन सत्य का सूर्य कब तक बादलों में ढका रहता? तरह-तरह के नए यंत्र बनाकर अंत में लोगों को यह मानने के लिए मजबूर ही कर दिया कि यह आविष्कार सचमुच में एक युगांतरकारी आविष्कार है। इंग्लैंड और अमेरिका के विश्वविद्यालयों ने उन्हें निमंत्रण देकर बुलाया और राष्ट्र संघ ने उन्हें अपनी वैज्ञानिक उपसमिति का स्थायी सदस्य बनाया।

कॉलेज से अवकाश पाने के बाद श्री बसु ने एक वैज्ञानिक प्रयोगशाला कलकत्ता में खोली, जो 'बसु-रिसर्च-इंस्टीट्यूट' के नाम से प्रसिद्ध है। इस प्रयोगशाला में आज भी तरह-तरह के अनुसंधान होते हैं। बसु महाशय ने अपनी जीवन भर की कमाई का बड़ा हिस्सा इसी में लगा दिया। कुल मिलाकर पंद्रह लाख रुपए उन्होंने दान में दिए थे।

श्री बसु का जीवन बहुत सीधा-सादा था और उनका चरित्र अत्यंत निर्मल था। त्याग और तपस्या का जो आदर्श उन्होंने भारतीय वैज्ञानिकों के सामने रखा, वह बहुत दिनों तक अँधेरे में प्रकाश-स्तंभ का काम करता रहेगा।

□

पृथ्वी पर विजय

(1948–50 ई.)

शांति का संदेश लेकर

पाटलिपुत्र में आज अजीब हलचल मची हुई है। जिधर देखिए, पीले वस्त्रों की भरमार। इन काषाय वस्त्रों को पहने हुए जब बौद्ध भिक्षु इधर-उधर राजपथ पर चलते हुए दीखते हैं, तो ऐसा लगता है, मानो, त्याग और तपस्या की जलती हुई मशालें, इधर-उधर घूम रही हैं। बौद्ध भिक्षुओं का यह अपूर्व जमघट क्यों? क्योंकि आज पाटलिपुत्र में बौद्ध धर्म की तीसरी महासभा, आचार्य उपगुप्त की अध्यक्षता में बैठी हुई है। इस सभा में यह भी विचार होनेवाला है कि भगवान् बुद्ध ने जो शांति का संदेश दिया है, उसे भारत में ही सीमित न रखा जाए, बल्कि संसार के कोने-कोने में किसी तरह फैला दिया जाए। संसार के कोने-कोने में—यूनानियों के प्रदेश में, कश्मीर और गांधार में, सुवर्ण-भूमि और सुवर्ण-द्वीप में, हिमालय के पार्वत्य प्रदेशों में, मांधाता और सिंहल में। देखें, किस सौभाग्यशाली को किस ओर जाने का सौभाग्य प्राप्त होता है।

उन दिनों न रेल थी, न आज की तरह के भाप से चलनेवाले बड़े जहाज थे। सड़कें भी न थीं, नदियों पर पुल की तो कल्पना ही नहीं थी। बीहड़ रास्ते, अगम चढ़ाइयाँ, पग-पग पर जान पर आफत, फिर, भिक्षु को सदल-बल चलना तो है नहीं। न उसके पास कोई संबल, न उसके पास कोई अस्त्र। बस, मस्तिष्क में अपने लक्ष्य के प्रति एक अटल विश्वास और हृदय में सारे संकटों का सामना करने के लिए अटूट साहस। तो भी भिक्षुओं में एक प्रतियोगिता है कि अधिक-से-अधिक दूर भेजे जाने का गौरव मुझे ही प्राप्त हो, लेकिन, हर आदमी को यह गौरव पाना क्या संभव है? इस अभियान में जानेवाले भिक्षुओं के पास सिर्फ विश्वास और साहस ही नहीं होना चाहिए, बल्कि ज्ञान की वह प्रखर ज्योति होनी चाहिए कि उन अंधकारमय प्रदेशों में वह जगमग कर उठे।

अंततः चुनाव हो गया, और यह देखिए, दल-के-दल भिक्षु इस अलौकिक अभियान में अग्रसर हो रहे हैं।

सबसे पहले आचार्य मझंतिक को कश्मीर और गांधार के लिए विदा दी जा रही है। आचार्य मझंतिक हैं और उनके साथ भिक्षुओं की एक छोटी सी टोली। वे ही पीले वस्त्र, हाथों में काले भिक्षा-पात्र और बगल के झोले में भोजपत्र पर लिखे, बुद्धदेव के कुछ शांति-संदेश। बीच में गंगा आती हैं, यमुना आती हैं, सरस्वती आती हैं और सिंधु अपनी पाँचों बहनों के साथ आती हैं। तरह-तरह के लोग मिलते हैं, तरह-तरह से स्वागत करते हैं। कभी दिनों, कभी-कभी सप्ताहों उपवास करना होता है, मौसम के थपेड़े अलग। वर्षा भिगो देती है, जाड़ा ठिठुरा देता है, गरमी जिंदा ही भून डालना चाहती है, लेकिन वे बढ़ते जा रहे हैं, बढ़ते जा रहे हैं।

और, यह देखिए, ये लोग अपने निर्दिष्ट स्थान पर पहुँच गए, किंतु क्या यहाँ इनका स्वागत हो रहा है? उस समय कश्मीर और गांधार में अरावली नाम का एक राजा राज्य करता था। वह राजा अलौकिक शक्तियों से संपन्न था। अपनी इस शक्ति द्वारा, इस दुष्ट राजा ने कश्मीर और गांधार में, एक भीषण तोय-विप्लव, जल-प्रलय—मचा रखा था। आचार्य मझंतिक ने झील के किनारे डेरा डाला और सोचने लगे—इस सुंदर प्रदेश के लोगों को किस तरह, इस दुष्ट से बचाकर उसमें इस अभिनव शांति-धर्म का प्रचार किया जाए?

जब नागराज अरावली को यह समाचार मिला कि अजीब वेश-भूषावाले कुछ लोग उसकी सीमा में घुस आए हैं, तो उसके क्रोध की सीमा न रही। क्रोधित नागराज ने उन्हें अनेक प्रकार से भय-संकुल करना चाहा। एक क्रोधविष्ट तूफान आक्रंदन करने लगा और प्रलय का जल बरस उठा। वज्र कड़का और स्रोत-प्रवाह में बिजली स्फुरित होने लगी। चारों ओर विनाशकारी वज्रपात होने लगे, और उत्तुंग श्रेणीवाले पहाड़ मूल से टूटने लगे। नागों ने अनेक तरह के भीषण रूप धारण कर आचार्य मझंतिक को विचलित करना चाहा। नागराज ने स्वयं अनेक भाँति से पीड़ित करते हुए उनपर धुआँ और आग छोड़ी, किंतु इन सबके बीच आचार्य और उनके साथी इस तरह शांत मुद्रा में खड़े मुसकराते रहे जैसे, मार के उपद्रव के समय स्वयं भगवान् बुद्धदेव। फिर उन्होंने नागराज को इस तरह संबोधित किया—

"नागराज, यदि देवतागण भी मनुष्यों से मिलकर मुझे भयाकुल करना चाहें तो उनके सब उपक्रम निरर्थक होंगे। और यदि तुम सागर और पहाड़ों समेत, सारे संसार को मेरे मस्तक पर ढाहना चाहो, तब भी तुम मुझे भयार्त नहीं कर सकते। ऐ नागराज, इस व्यर्थ चेष्टा को छोड़ो, और भगवान् बुद्ध की शरण आकर सम्यक् संबोधि प्राप्त करो। यही मार्ग सत्य का है, शांति का है।"

नागराज आचार्य मझंतिक की वाणी सुनकर पहले तो चकित हुआ, फिर शांत होकर उनसे बात करने लगा। फिर उन्हें आदरपूर्वक अपनी राजधानी में बिलमाया और

स्वयं श्रद्धा-भक्ति पूर्वक पंखा झलने लगा। आचार्य ने बुद्ध के शांति-धर्म के सिद्धांतों को उसे भली-भाँति समझाया। नागराज उनके वचनों से प्रभावित हुआ और परिवार सहित उनके धर्म को ग्रहण किया। उसकी दुष्टता और क्रूरता जाती रही, उसकी प्रजा सुखी और संपन्न हुई। प्रजा ने भी इस नए धर्म को ग्रहण किया। कश्मीर से लेकर गांधार तक की पहाड़ी उपत्यका धर्म, संघ और बुद्ध के पावन मंत्रों से गुंजित और पुलकित होने लगी।

भिक्षुओं का दूसरा दल आचार्य महारक्षित के नेतृत्व में यवन-प्रदेश को जा रहा है। इस दल को अगम्य पर्वतों, जंगलों, मरुभूमियों और समुद्र के एक बड़े भाग को पार करना पड़ रहा है। कहाँ पाटलिपुत्र, कहाँ बैक्ट्रिया? पहले विंध्य पहाड़ पार किया गया—ऊँची-ऊँची चट्टानें, भयप्रद दर्रे, कहीं बाघ का चिंघाड़, कहीं अजगर की फुफकार! लेकिन जो धर्म से रक्षित है, उस महारक्षिता का रास्ता कौन रोक सकता है? वे बढ़ते जाते हैं तब मालव भूमि पहुँचते है। कितना हरा-भरा देश! आँखें तृप्त हो रही हैं, समूचा वातावरण शांति से ओतप्रोत है। उस शांत वातावरण में, भिक्षुओं के मुँह से निकले हुए शांतिमंत्र, पृथ्वी से आकाश तक को प्रशांत बना देते हैं। लेकिन, उसके बाद तो मरुभूमि-ही-मरुभूमि है। जहाँ देखिए वहाँ बालू-ही-बालू। पीले-पीले झुलसे हुए, जले हुए बालू। पैर जल रहे हैं, सिर जल रहा है, जिह्वा सूख रही है, कंठ सूख रहा है और प्राण तक सूख रहे हैं, किंतु इससे क्या—धर्मपथ पर चलनेवाला बिना सिद्धि प्राप्त किए हुए बीच में लौट सकता है? वे बढ़ते जा रहे हैं, आगे बढ़ते जा रहे हैं।

अब यह सौराष्ट्र है। फिर एक बार हरियाली के दर्शन होते हैं, सजलता और कोमलता का अनुभव होता है। किंतु कानों में यह गर्जन क्या सुनाई पड़ रहा है? और, लीजिए—यह सामने समुद्र लहरा रहा है। ये उत्तुंग तरंगें, मानवता और पौरुष को चुनौती दे रही हैं। किंतु, ओ जलनिधि! ये लोग साधारण पुरुष नहीं हैं। देखा, इनके जलपोत तुम्हारी छाती को चीरते हुए आगे बढ़ रहे हैं, दिन बीतते हैं, सप्ताह बीतते हैं। और सामने वह खजूरों से भरी तटभूमि दिखाई देती है।

अब यहाँ से नई-नई कठिनाइयाँ दिखाई देती हैं। यहाँ की वेशभूषा जुदा, यहाँ की भाषा अलग। यहाँ की सभ्यता अलग, यहाँ की संस्कृति अलग। किंतु, आचार्य महारक्षित का दल तो इसके लिए पहले से तैयार होकर आया है। कहीं खजूर के कुछ फल मिलते हैं, कहीं वनजामुन के। उनके गूदे से पेट भरने की और उनकी गुठलियों से प्यास बुझाने की चेष्टा करते हुए वे आगे बढ़ते हैं। बौद्ध धर्म के ग्रंथ बताते हैं कि आचार्य धर्मरक्षित ने यवन-प्रदेश में पहुँचकर बौद्ध धर्म का संदेश वहाँ के लोगों को दिया। आज भी उन प्रदेशों में जब कभी खुदाई होती है, बौद्ध धर्म के अवशेष मिलते हैं। जो इन महान् साहसिक धर्माभियानों की कीर्ति-कथा, संसार के सामने उपस्थित करते हैं।

सुवर्ण-भूमि के लिए आचार्य सोन और आचार्य उत्तर प्रस्थान करते हैं। पाटलिपुत्र में एक जबरदस्त नाविक-बेड़ा तैयार किया जाता है, जो अनेक घूर्णियोंवाले वंगोपसागर को पार कर, भारत महासागर होते, सुवर्ण-भूमि और सुवर्ण-द्वीप तक पहुँच सके। उनका यह बेड़ा, शांति-मंत्रों के बीच पाटलिपुत्र से खोला जाता है। गंगा के प्रशांत जल में मंद-मंद गति से वह बढ़ता गया। रास्ते-भर, तटों पर, उनके स्वागत-सत्कार का क्या कहना! किंतु जब वंशोपसागर के निकट पहुँचते हैं, तरंगों को देखकर हिम्मत छूटती है। लेकिन इन तरंगों को कुचलना ही है। उनका बेड़ा बढ़ता जाता है। कभी घूर्णियों में पड़कर सारा बेड़ा चरमर करने लगता है। कभी तरंगें उसे आकाश में उछालती हैं, तो कभी पाताल की ओर भेज रही हैं—ऐसा लग रहा है। जब-जब आशंका बढ़ती है, कुछ मंत्रों को बुदबुदा लिया जाता है। बेड़ा बढ़ा जा रहा है, बढ़ा जा रहा है।

बौद्ध पुराणों में चर्चा है कि जब आचार्य सोन और उत्तर सुवर्ण-भूमि की ओर बढ़ रहे थे, रास्ते में एक जल-पिशाचिनी ने आकर उन्हें घेरा। यह जल-पिशाचिनी हजारों बेड़ों को डुबो चुकी थी। उसने इस बेड़े को देखकर अट्टहास किया, किंतु आचार्य सोन की स्वर्ण-मुद्रा देखकर वह चकित हुई—हाँ, जब आचार्य ध्यानमग्न होकर बैठते थे, मालूम होता था कि कोई सोने की प्रतिमा ध्यान लगाकर बैठी हो! तरह-तरह से उस पिशाचिनी ने आचार्य और उनके दल को भयभीत करना चाहा। अंत में उसे हार माननी पड़ी। आचार्य ने सुवर्ण-भूमि पहुँचकर छह लाख मनुष्यों में बुद्ध के शांति संदेश का प्रचार किया।

पाटलिपुत्र से ही एक दूसरा बेड़ा भी संदेश लेकर निकला। यह बेड़ा सिंहल के लिए रवाना हुआ और इसमें कोई आचार्य या भिक्षु नहीं था, बल्कि सम्राट् अशोक की सुकुमारी पुत्री संघमित्रा थी। संघमित्रा—सम्राट् अशोक की प्यारी पुत्री! लाड़-प्यार में पली, भोग-विलास में डूबी। किंतु यह कैसी धुन है कि सबको त्यागकर, छोड़कर इतने बड़े अभियान में निकली है।

देखिए, यह आज गंगा-तट पर कैसी भीड़ है। सबकी आँखों से आँसू, सबके मुँह में मंगल-मंत्र और सम्राट् अशोक छाती भर पानी तक जाकर बोधि-वृक्ष की शाखा अपनी बेटी को देते हुए कह रहे हैं—बेटी, अपने हृदय की अंतिम रक्त-बूँद देकर भी इस बिरवा की मर्यादा रखना।

बेड़े पर उसे दो हजार मील की दूरी तय करनी पड़ी। रास्ते में तरह-तरह के संकट आए, किंतु सबको झेलती हुई वह सिंहल पहुँचकर रही। वहाँ के लोगों ने उसका शाही स्वागत किया। संघमित्रा अपने साथ बोधि-वृक्ष की एक डाल ले गई थी। वह डाल एक विशाल वृक्ष के रूप में अब तक वहाँ कायम है। उस वृक्ष की पत्ती-पत्ती बिहा के नवयुवकों और नवयुवतियों की साहसिकता का संदेश संसार को सुनाती है।

यों ही लगभग एक हजार वर्षों तक बिहार के नवयुवकों और नवयुवतियों की टोलियाँ विदेश के कोने-कोने में जाती रहीं। पर्वत, जंगल, नदी, सागर और मरुभूमि किसी की भी परवाह नहीं की उन्होंने। इनका उद्देश्य भी कितना महान् था। पश्चिम के अन्वेषकों की तरह व्यापार करने, साम्राज्य बढ़ाने या सिर्फ उत्सुकता शांत करने का उद्देश्य इनका नहीं था। इनके पास एक संदेश था—जिसे संसार के कोने-कोने में, मानवता के एक-एक सदस्य तक पहुँचाना उन्होंने अपना कर्तव्य समझा था।

क्या ऐसे दिन फिर आएँगे, जब हमारी टोलियाँ इसी तरह ज्ञान का, शांति का संदेश संसार को सुनाने के लिए फिर प्रस्थान करेंगी?

□

ऑस्ट्रेलिया का अन्वेषण

पश्चिमवालों को ऑस्ट्रेलिया की खबर सबसे पीछे मिली। पुर्तगालवालों ने उन्हें खबर दी कि प्रशांत-महासागर और भारत-महासागर के बीच एक बड़ा सा द्वीप है, जो हो सकता है, एक महादेश ही हो। सबसे पहले स्पेन के जहाजियों ने इस ओर प्रयत्न करना आरंभ किया। 1606 में टौरेस नामक एक स्पेनी अपना जहाज लेकर वहाँ पहुँचा और क्वींसलैंड और न्यूगीनी के बीच मुहाने से पार करता हुआ, उस मुहाने को टौरेसस्ट्रेट नाम देकर, वहाँ वापस आया। उसके चालीस साल बाद हॉलैंड का एक आदमी उस ओर गया। उसका नाम टेसमैन था। उसने जिस भू-भाग का अन्वेषण किया, उसे हम उसी के नाम पर टसमानिया कहते हैं। पहला अंग्रेज वहाँ 1688 में गया, जिसका नाम डैंपीयर था। किंतु ऑस्ट्रेलिया एक महादेश है, इसका आभास दिया सुप्रसिद्ध कैप्टेन ने। 1770 में वह ऑस्ट्रेलिया की पूर्वी तटभूमि का पता लगाता हुआ बोटानी उपसागर के तट पर उतरा, जहाँ आजकल सिडनी नामक महानगरी कायम हो चुकी है।

किंतु, ऑस्ट्रेलिया के भीतर घुसने की हिम्मत किसी को नहीं हो रही थी। उत्तर, दक्षिण, पूरब, पश्चिम—किसी दिशा से भी घुसने का प्रयत्न करना जान पर आफत मोल लेना था। भयानक सुनसान, खून सुखानेवाली गरमी, पेड़-पौधों का अभाव, किसी को साहस नहीं होता था कि इसके भीतर प्रवेश करे। किंतु मानव कभी प्रकृति से हारा नहीं है। पृथ्वी पर भी विजय करने को वह सदैव उद्यत रहा है। यूरोप के भिन्न-भिन्न देशों के अन्वेषकों के दल-पर-दल वहाँ पहुँचते रहे। लीरवार्ट, ग्रेगरी, स्ट्रट, ऑक्सले, स्टुआर्ट, वारबटन और गाइल्स—ये सुप्रसिद्ध नाम हैं, जिसकी कीर्ति-कथाएँ ऑस्ट्रेलिया के अन्वेषण के साथ नत्थी हैं। किंतु इन सबको मात दे दी दो व्यक्तियों ने—आयर और बर्फ ने। बर्फ ने तो इसी अन्वेषण में अपने प्राणों की भी आहुति दे दी।

आयर—इंग्लैंड के यार्कशायर के एक पादरी का बेटा था। पहले वह फौज में भरती हुआ, किंतु वहाँ उसे अफसरी नहीं मिल सकी, तो ऑस्ट्रेलिया भाग आया, जहाँ

अब समुद्र के किनारे उपनिवेश बसता जा रहा था। समुद्र के किनारे बसकर शांतिपूर्ण जीवन व्यतीत करना उसके स्वभाव के प्रतिकूल था। वह रह-रहकर ऑस्ट्रेलिया के भीतरी भाग में प्रवेश करने की चेष्टा करता। उसी ने टौरेंस की झील का पता पहले-पहल संसार को दिया। उसके कर्तव्य पर मुग्ध होकर उसे अपने शहर का मजिस्ट्रेट बना दिया गया। उस समय उसकी अवस्था सिर्फ पच्चीस वर्ष की थी।

कुछ साहसी पुरुषों ने इसी समय एक अन्वेषण-दल का संगठन शुरू किया था, जो ऑस्ट्रेलिया के अंत:प्रदेश में जाए। आयर ने अपने को इस दल में शामिल किया। 1840 के जून महीने में एक सहकारी, चार गोरे साथी, दो आदिवासी और कितने घोड़े और भेड़ों को लेकर उसने अपनी यात्रा प्रारंभ की। थोड़े दिनों तक सब ठीक रहा—किंतु धीरे-धीरे हरा-भरा मैदान समाप्त होता गया और अब अपने लिए पानी एवं पशुओं के लिए चारा जुटाना कठिन होता गया। संयोग से जहाँ कहीं पानी और चारे की सुविधा होती, वह डेरा डाल देता और फिर एकाध आदमी को लेकर आगे बढ़कर यह खोज करता कि कहाँ ऐसी जगह है जहाँ नया पड़ाव डाला जाए। इसी तरह वह क्रमश: बढ़ता जाता। साधारण आदमी होता, तो इस कठिन प्रक्रिया की अपेक्षा लौट ही जाता, किंतु आयर ऐसे लोग साधारण मानव नहीं होते हैं। परिस्थिति की प्रतिकूलता उन्हें आगे बढ़ने की ओर भी प्रेरित करती है।

एक बार आयर इसी तरह आगे बढ़कर नए पड़ाव के लिए स्थान खोज रहा था। खोजते-खोजते वह बहुत दूर निकल गया। किंतु पानी और चारे की सुविधा उसे नहीं मिल सकी। हारकर वह लौटा। किंतु, इतनी अधिक दूर बढ़ गया था कि पड़ाव पर पहुँचने के बहुत पहले ही उसके पास का पानी तक चुक गया। जहाँ तक नजर जाती, सिर्फ काँटेदार झाड़ियाँ। इन झाड़ियों को पार किया जाए, या लौटकर दूसरा रास्ता ढूँढ़ा जाए। किंतु लौटने का दम न उसमें था, न घोड़े में। अत: उसने झाड़ियों को पार करने का तय किया। शरीर लहूलुहान—और वह बढ़ता जा रहा है। जब वह अपने पड़ाव में पहुँचा, वह और उसका घोड़ा घायल हो चुके थे।

इस यात्रा में उसे सफलता नहीं मिली। एक आदिवासी से उसने पानी का पता पूछा, उसने उसका पथ-प्रदर्शन करना स्वीकार किया। किंतु, यह क्या? उसने आयर और उसके दल को लिये दिए समुद्र के किनारे पहुँचा दिया। आयर बेचारा छक गया! पानी का मायने उस आदिवासी ने समुद्र समझ लिया था। आयर अपने निवास-स्थान पर लौट आया। यह दल भंग हो गया। फिर नए दल का संगठन कर नए उत्साह से उसने दूसरी बार यात्रा प्रारंभ की।

थोड़े दिनों तक तो वह निर्विघ्न बढ़ता गया। किंतु फिर आपत्तियाँ रास्ता रोकने लगीं। जोरों से आँधियाँ आतीं, जो उन्हें गरम बालुओं से ढक देतीं। तरह-तरह के मच्छर और

मक्खियाँ और तबाह करतीं। पानी का अभाव भी बढ़ता गया। एक बार डेढ़ सौ मील तक वे बढ़ते गए, किंतु पानी का कोई सोता, झरना या गड्ढा नहीं मिला। इस बार तो मृत्यु प्रत्यक्ष दीख पड़ने लगी। ''चार दिनों तक हमें एक बूँद पानी नसीब नहीं हुआ। भोजन की तो बात अलग। घोड़ों की तो बात अलग। घोड़ों की तो और भी दुर्दशा थी। जो सूखी घास मिलती थी, उसे भी वे चबा नहीं सकते थे—उनकी जीभें सूख चली थीं।'' ऐसी ही हालत में एक आदिवासी ने उन्हें एक तरकीब बताई। कुछ पेड़ वहाँ ऐसे थे, जिनके तने में छेद करने से पानी सा तरल पदार्थ निकलता था। वे बेचारे उसी को चूस-चूसकर प्राण बचाते रहे। सूखी घास पर भोर में ओस के कण इकट्ठे हो जाते। इन ओस-कणों को चाटकर भी वे अपनी पिपासा शांत करते।

कुछ दूर और आगे बढ़ने पर एक बड़ी दुर्घटना हुई। आयर के साथ जो आदिवासी थे, उन्होंने उसके एक गोरे साथी को गोली मार दी और बहुत सा सामान लेकर भाग गए। अभी अपने गंतव्य स्थान पर पहुँचने के लिए उन्हें छह सौ मील की दूरी तय करनी थी, किंतु उनके पास सिर्फ कुछ सेर आटा, कुछ गैलन पानी और थोड़ी चाय और चीनी बच रही थी। किंतु, आयर इन संकटों से घबड़ानेवाला नहीं था। अब वह घोड़े के मांस पर जीने लगा। जब कभी संभव होता, वह कुछ चिड़ियों को मारता, या कभी-कभी केकड़ा और मछली पकड़कर उन्हें भून-भानकर खाता। इस यात्रा में उसका सबसे बड़ा सहारा वीली नामक एक आदिवासी सिद्ध हुआ। वह बड़ा ही स्वामिभक्त निकला। कई अवसरों पर उसी ने आयर और उसके साथियों को मरने से बचाया था।

कितने सप्ताहों की भूख-प्यास, थकावट और कमजोरी के कारण जब आगे बढ़ना उनके लिए असंभव सा दीख रहा था, तो उन्हें एक दिन समुद्र किनारे एक फ्रांसीसी जहाज दिखाई पड़ा। जहाज का कप्तान बहुत नेक आदमी था। उसने आयर की मदद भोजन, पीने का पानी और सामान आदि से की। उस संबल को पाकर आयर का दल उत्साह से आगे बढ़ने लगा। इसी तरह वे आगे बढ़ रहे थे कि एक दिन वीली आनंद से चिल्ला उठा। उसने आगे एक शहर देखा था। यह शहर अलबानी था। अलबानी में जब लोगों को मालूम हुआ कि एक आयर और उसका दल आ रहा है, तो उनके आश्चर्य का ठिकाना नहीं रहा। एक साल हुए, आयर का दल अडेलेड से रवाना हुआ था। थोड़े दिनों तक उनको खबर मिलती थी, किंतु छह महीने से उनका कोई ठौर-ठिकाना नहीं मिल रहा था। लोग समझते थे कि वे शायद चल बसे या मार डाले गए। अलबानी के निवासियों—आदिवासी और यूरोपियन दोनों—ने दिल खोलकर आयर का स्वागत किया।

1845 में आयर ने अपनी इस यात्रा का अपूर्व वर्णन पुस्तक रूप में छपवाया। उसकी गिनती संसार के महान् साहसिक पुरुषों में होने लगी। उसे न्यूजीलैंड का गवर्नर बनाया गया। पश्चिमवाले अपने वीरों का सम्मान करना भी जानते हैं न?

किंतु, अब भी ऑस्ट्रेलिया का बहुत बड़ा हिस्सा—खासकर उसका मध्यवर्ती भाग—प्रकाश में नहीं आया था। उसे प्रकाश में लाने का श्रेय मिला एक आयरलैंडवासी को, उसका नाम रौबट ओहरा बर्क था। उसका जन्म 1820 ई. में हुआ था। उसका खानदान बहुत प्रतिष्ठित और धनी था। प्रारंभ में उसने सैनिक शिक्षा प्राप्त की थी। सैनिक शिक्षा की उपाधि उसने बेल्जियम से प्राप्त की और बीस वर्ष की आयु में ऑस्ट्रिया की सेना में भरती हुआ, जहाँ वह थोड़े दिनों के बाद ही लेफ्टिनेंट बना दिया गया।

ऑस्ट्रिया की सेना में आठ वर्ष रहकर वह आयरलैंड लौटा और आयरलैंड की फौजी पुलिस में एक अफसर के पद पर नियुक्त किया गया। लेकिन उसका मन पुलिस के काम में नहीं लगा। उसने इस्तीफा दे दिया और अपने देश को सदा के लिए नमस्कार कर 1853 ई. में ऑस्ट्रेलिया में आ बसा। उसके साथ कुछ और लोग भी आए थे जो उसके अधीन काम कर चुके थे। बर्क का स्वभाव बहुत ही मीठा और प्यारा था। एक बार जो उसकी संगति में आता, वह उसका भक्त बन जाता। जिस दाई ने बचपन में उसे पाला था, वह अपने प्यारे रॉबर्ट पर इस तरह बलिहार थी कि अपनी जिंदगी की सारी कमाई उसने उसके नाम से वक्फ कर दी थी।

कुछ ही दिन बर्क ऑस्ट्रेलिया में रहा कि उसे पता चला कि सरकार की ओर से एक अन्वेषक-दल ऑस्ट्रेलिया के मध्यवर्ती प्रदेश का पता लगाने के लिए भेजा जानेवाला है। उसने इसके लिए अपनी सेवा अर्पित की और वह सिर्फ उस दल में ले ही नहीं लिया गया, उस दल का नेता भी बना दिया गया।

1860 ई. के अगस्त महीने में वह मेलबोर्न से रवाना हुआ। शुरू में तो सब चीजें बहुत अच्छी तरह जाने लगीं, किंतु थोड़े दिनों के बाद ही तरह-तरह की उलझनें आने लगीं। एक तो उसके दल के चुनाव में ही गड़बड़ी हुई थी। ग्यारह गोरे उसके साथ थे, जिनमें दो तो बिलकुल निकम्मे थे। न उनमें साहस था, न निश्चय अनुशासनहीनता भरी हुई थी। जो उसका निकटतम सहकारी था, वह बर्क के नेतृत्व को बात-बात में चुनौती देने लगा। तो भी सौभाग्य से, विल्स नाम का एक आदमी था जो बर्क का बहुत आज्ञाकारी निकला। इस आदमी की भक्ति के कारण ही बर्क इतने असंभव कार्यों को संभव कर सका।

बर्क ने अपने दल को दो हिस्सों में बाँटा। जो अग्रणी दल बना, उसका नेता वह स्वयं हुआ। अपने साथ उसने तीन गोरे सहकारियों को रखा। हिंदुस्तान से खास इसी काम से मँगाए गए छह ऊँटों पर उसने अपना सामान लादा। एक घोड़ा भी साथ में ले लिया।

पिछले दल को अड्डे पर ही छोड़कर यह अग्रणी दल आगे बढ़ा। प्रारंभ के दिनों में सैर का ही मजा आता रहा। हरा-भरा प्रदेश, बतखें, ताते, काकातूआ—तरह-तरह के

रंगीन पंखोंवाले पंछी मिलते रहे। जगह-जगह एक विचित्र चीज भी मिलती रही! चीटियों की माँद चार-चार फीट ऊँची तक दिखाई देती थी। रास्ते में आदिवासी या तो मिलते ही नहीं थे या वे इन्हें देखते ही भाग जाते थे। किंतु, थोड़े दिनों के बाद जोरों से वर्षा होने लगी। जमीन इतनी गीली और दलदल हो गई कि उस पर ऊँटों का चलना मुश्किल हो गया। बर्क ने ऊँटों को पीछे ही छोड़कर विल्स के साथ आगे बढ़ना शुरू किया। फरवरी आते-आते बर्क सारे रास्ते को तय कर दूसरे छोर के समुद्र-तट तक पहुँच चुका था। बर्क के आनंद की सीमा नहीं थी, किंतु, वह क्या जानता था कि उसके इस आनंद पर दूर खड़ी मृत्यु मुसकरा रही है।

बर्क वहाँ से अब पिछले अड्डे की ओर लौटा। अब भी उसके पास इतना सामान था कि अड्डे पर वह सकुशल और सानंद लौट सकता था, किंतु, दिनों-दिन रास्ता बीहड़ होता गया। लौटने के समय ये ऊँट और भी बाधक सिद्ध होने लगे। इन्हें छोड़ा भी नहीं जा सकता था, क्योंकि फिर खाने-पीने का सामान कैसे ढोया जाता। रास्ते में कीचड़ और दलदल इस कदर बढ़ गए थे कि ऊँटों के पैर उठते नहीं थे। बड़ी मुश्किल से दिन भर में चार मील का सफर वे तय कर सकते थे।

दिन-दिन भोजन की कमी होती जाती थी। दलदल में चलना मुश्किल पड़ता जाता था। भोजन के अभाव और अत्यंत थकावट के कारण उनका एक साथी बीमार पड़ गया और चलता बना। जब खाने का कोई सामान नहीं बचा और न कहीं कोई चिड़ियाँ ही नजर आती थीं तो अंत में उन्होंने अपने घोड़े को मार डाला और पंद्रह दिनों तक उसके मांस पर गुजर करते रहे। घोड़ा भी सूखकर काँटा हो चला था। उसमें ज्यादा मांस कहाँ से आता? अंत में वे अपने पड़ाव के स्थान के निकट पहुँचे। वे बहुत आनंदित हुए कि अब हम लोग बच गए, किंतु, यह धोखा था। जब उस स्थान पर आते हैं, उनके साथी अड्डा तोड़कर वहाँ से चल चुके थे।

उनकी निराशा का ठिकाना न रहा। अब मृत्यु स्पष्ट सामने दीख पड़ने लगी। आदमी आशा पर जीता है। जब आशा न रही, शरीर का रहा-सहा दम भी जैसे अचानक गायब हो गया। सब-के-सब हताश होकर लेट गए। उसी समय विल्स का ध्यान एक पेड़ की ओर गया। एक पेड़ की छाल काटकर उस पर कुछ लिखा हुआ सा दिखाई पड़ा। गौर से देखा तो उस पर लिखा था—खोदिए 21 अप्रैल, 1861। विल्स उठा और झटपट पेड़ के नीचे खोदने लगा तो पाया कि उसके नीचे एक बक्से में खाने-पीने की कुछ सामग्री रखी हुई है। उन चीजों को लेकर हफ्तों के बाद उन लोगों ने उस दिन भर-पेट भोजन किया। लेकिन इस भोजन के समय भी उनके मन में रह-रहकर एक टीस उठती थी, क्योंकि उस बक्से को देखने से उनको पता चला कि उनके वहाँ पहुँचने के कुछ ही घंटे पहले उनके साथी वहाँ से चल चुके थे। कुछ लोगों का विचार हुआ कि हम लोग खा-पीकर तेजी से

उनका पीछा करें। एक-दो दिन में हम उन्हें पकड़ लेंगे। लेकिन क्या यह संभव था कि महीनों से जो लोग थके-माँदे थे, वे उन्हें पकड़ सकें जो महीनों तक आराम करने के बाद अब तेजी से अपने घर की ओर इसलिए लौट रहे हों कि कहीं हमें भी पिछड़े हुए साथियों की तरह भूखों न मर जाना पड़े। यह भाग-दौड़ व्यर्थ होगी। हमारे पास जो बची-बचाई शक्ति है, वह भी नष्ट हो जाएगी। यह सोचकर बर्क ने यह तय किया कि यहाँ से जो निकटतम सभ्य स्थान है, उसकी ओर चलें। वह स्थान यहाँ से डेढ़ सौ मील की दूरी पर था।

वे लोग उस ओर चले, लेकिन दुर्भाग्य उनका पीछा कर रहा था और मृत्यु अब निकट आकर अट्टहास कर रही थी। वे कुछ दूर आगे बढ़े थे कि जो दो ऊँट बच गए थे उनमें से एक चल बसा। तो भी वे लोग आगे बढ़ते रहे। बड़ी-बड़ी मुश्किलों से आधी यात्रा पूरी की। अब वे मरुभूमि होकर चल रहे थे। उनके पास जो सामान था, वह अब सिर्फ चौबीस घंटे तक उनको जिंदा रख सकता था। बर्क ने मान लिया कि अब यह यात्रा उसकी महायात्रा सिद्ध होने जा रही है। इस यात्रा की जो डायरियाँ लिखी गई थीं या जो नक्शे आदि बनाए गए थे, उन सबों को उसने बालू के नीचे गाड़ दिया और जगह-जगह ऐसे चिह्न बनाता गया और उन चिह्नों के नीचे अपनी डायरी के बारे में निर्देश रखता गया कि जिसमें कभी कोई यात्री इधर आए तो इन कागजातों को सुरक्षित पा सकें। थोड़ी दूर और आगे बढ़ने पर कुछ आदिवासियों से उनकी भेंट हुई। उन लोगों ने उन्हें मछली और चपाती खिलाईं, किंतु वहाँ से आगे बढ़ने पर फिर वही भूख, वही प्यास, वही थकावट, वही कमजोरी। विल्स के शरीर ने आगे बढ़ने से इनकार कर दिया। वह बैठ गया। तब बर्क अपने एकमात्र साथी किंग को लेकर आगे बढ़ा कि कहीं कुछ खाना मिल जाए तो वह विल्स को जिला सके। यह 19 जून की बात है। बर्क नहीं लौटा और मालूम होता है, दो-तीन दिनों के अंदर ही विल्स ने उस मरुभूमि में सदा के लिए आँखें मूँद लीं।

किंतु, क्या बर्क अपने को जीवित रख सका? वह उसके दूसरे ही दिन भूख-प्यास से व्याकुल होकर सदा के लिए इस धराधाम को छोड़ चुका था! इस महायात्रा के प्रारंभ करने के समय अपने विदा देनेवालों से उसने कहा था कि अपने शरीर का एक-एक बूँद खून देकर भी इस यात्रा को सफल बनाने की कोशिश करूँगा और जब यह यात्रा सफल होने जा रही थी, यों कहिए कि सफल हो चुकी थी तो इस शरीर की अंतिम बूँद—रक्त तक देना पड़ा। उस यात्रा-दल का सिर्फ एक आदमी बच पाया—वह था किंग। किंग भी मरुभूमि में मरा हुआ पड़ा था कि उन लोगों की खोज में चले हुए एक-दूसरे दल ने उसका उद्धार किया।

□

अतलांतक के आर-पार

जहाजों ने तो समुद्रों को अब मथ छोड़ा है। प्रशांत हो या अतलांतक—जहाजों ने उनकी महत्ता को सदा के लिए लघुता में परिणत कर दिया है। किंतु, एक ही छलाँग में पूरे अतलांतक को पारकर जाना अब भी एक असंभव बात समझी जाती थी। हवाई जहाज बन गए तो क्या हुआ—उस पर भी यह कार्य करना कठिनतम ही नहीं, नितांत असंभव है, यह मान लिया गया था।

किंतु, आखिर मनुष्य ने यह करामात भी कर ही दिखलाई।

एक दिन संसार ने अचरज के साथ सुना कि फ्रांस का प्रसिद्ध विमान-वीर चार्ल्स-नंगेसर, विमान पर, बीच में कहीं भी उतरे बिना पेरिस (फ्रांस) से न्यूयॉर्क (अमेरिका) तक की आकाश-यात्रा कर रहा है। विमान पर इतनी दूर की यात्रा उस समय तक किसी ने नहीं की थी। किसमें ऐसा साहस था? किंतु जर्मन-युद्ध के समय जिन्होंने 'नंगेसर' की अचरज भरी करतूतें देखी या सुनी थीं, उन्हें विश्वास हो गया था कि नंगेसर जैसे अनुपम साहसी के लिए यह कोई कठिन काम नहीं। नियत समय पर हजार-हजार दर्शकों ने तालियों की गड़गड़ाहट और आनंद-ध्वनि के बीच नंगेसर, अपने साथ एक काने साथी को लेकर पेरिस को रवाना हुआ।

किंतु यह क्या! एक दिन बीता, दो दिन बीते, चार दिन बीते, सप्ताह बीत गया—'नंगेसर' अमेरिका न पहुँच सका! लोगों की चिंता बढ़ी—क्या अगाध अतलांतक महासागर के हाहाकार करते हुए भूखे पेट में, किसी दुर्घटना के कारण, नंगेसर सदा के लिए समा गया? समुद्री तारों और बेतार के तारों का सिलसिला जारी हुआ। भिन्न-भिन्न स्थानों पर जहाज दौड़ाए गए। पीछे, एक टापू में नंगेसर पाया गया।

जिस समय संसार की उत्सुक दृष्टि 'नंगेसर' की ओर लगी थी, अकस्मात् पेरिस के ऊपर एक-दूसरे विमान-वीर का विमान दीख पड़ा। अमेरिका के एक पच्चीस वर्ष के युवक 'चार्ली लिंडबर्ग' ने यह काम कर दिखलाया, जिसके करने में नंगेसर जैसा महारथी भी असफल रहा।

'लिंडबर्ग' अमेरिका से अपने विमान पर अकेला चला, चौंतीस घंटे तक हवा और तूफान से युद्ध करता हुआ पेरिस पहुँचा। पेरिस पहुँचने पर जैसा उसका स्वागत हुआ, शायद ही किसी बादशाह को वैसा नसीब हो। लाखों आदमी की भीड़ थी, कितने ही भीड़ में कुचले गए—कितनों का दम घुट गया, कितने ही राज्यों के प्रतिनिधियों ने उससे हाथ मिलाए—संसार के प्राय: सभी सभ्य देशों के शासकों ने उसे बधाई के संदेश तार द्वारा भेजे।

आइए, हम इन दो महान् वीरों की कीर्ति-कथा संक्षेप में कहें : सुनें—

'नंगेसर'!—मत पूछिए, यह विचित्र वीर है। जर्मन युद्ध के समय सत्रह बार दुश्मनों ने उसके विमान को नष्ट-भ्रष्ट कर दिया—सत्रह बार यह ऊँचे आसमान से जमीन पर, पके फल की तरह, बेसहारा गिरा—सत्रह बार इसकी हड्डी-पसली चूर-चूर हो गई—सत्रह बार यह डॉक्टरों के चीर-फाड़ करनेवाले टेबुल पर लिटाया गया—सत्रह बार डॉक्टरों ने उसाँस लेकर कहा—यह नहीं बचेगा। किंतु, यह नौजवान लड़का—जो सोलह वर्ष की अवस्था में ही, सभ्य संसार से एकदम दूर, कठिन-से-कठिन जीवन बिता चुका था—डॉक्टरों के उस फरमान से जरा भी भयभीत न हुआ, लापरवाही से सिर हिलाया और दाँत पीसकर रह गया, क्योंकि उसके अपने वज्र शरीर पर पूरा विश्वास था—वह जानता था कि उसने अपने इस शरीर को किस धातु से बनाया है।

एक समय एक गोली इसके सिर की बगल में लगी थी, दूसरी बार दो गोलियाँ इसके सिर को चीरती हुई निकल गई थीं और भाग्य से ही इसका भेजा फटने से बचा था। एक गोले के लगने से इसके जबड़े टूट गए थे—गोलियों की बौछार ने उसकी छाती के दोनों ओर को छलनी कर दिया था—इसके पैर, फिल्ली (पिंडली) और कुहनी टूक-टूक हो गई थी। यहाँ तक कि इसकी खोपड़ी, बाँह, पैर और तलवे के भीतर एल्यूमिनियम और सिल्वर रखकर सी दिया गया है, क्योंकि उन स्थानों की हड्डियाँ चूर-चूर हो गईं—अच्छी हो नहीं सकती थीं। किंतु यह सबकुछ होने पर भी, इसका शरीर आज भी देखिए तो अचंभे में आ जाइएगा। नंगे बदन खड़ा होने पर भी उसके शरीर में आप घाव का एक चिह्न भी नहीं देख सकते। व्यायाम द्वारा शरीर को इन घातक चोटों के सहने योग्य बनाया था, और व्यायाम के ही सहारे अपने शरीर को खूब गठीला बनाकर इन चोटों के चिह्न तक को भी इसने मिटा डाला है। गजब!

नंगेसर जर्मन युद्ध के शुरू में घुड़सवार सेना में काम करता था। उस सेना में रहकर भी उसने बड़ी वीरता दिखलाई थी। एक दिन की बात है—जर्मनी और फ्रांस की सीमा पर बड़ी विकट लड़ाई छिड़ी थी। गोली-गोले और तोपें अपनी राक्षसी भयंकरता दिखला रही थीं। उसी घनघोर लड़ाई में नंगेसर और उसके सेनापति अपने साथियों से अलग हो गए। बड़ा कठिन अवसर था। इस प्रकार साथियों से बिछुड़ जाने का अर्थ

था—मृत्यु! दोनों ने निश्चय कर लिया कि अब बचना कठिन है। फिर भी नंगेसर हिम्मत हारनेवाला न था। सेनापति को लेकर निकट की झाड़ी में जा छिपा। वहाँ भी अधिक देर तक छिपना उचित न जान थोड़ी देर के बाद, सेनापति को वहीं छोड़, वह बाहर निकला। कुछ ही दूर जाने पर उसने एक हवागाड़ी खड़ी देखी—यह जर्मनों की मोटर थी, जिसे सड़क पर खड़ी छोड़, चढ़नेवाले कहीं पैदल बढ़ गए थे। वह झट उस पर सवार होकर सेनापति के निकट पहुँचा, और उन्हें भी उस पर लेकर अपने अड्डे की ओर बड़ी तेजी से भागा। इतने ही में जर्मनों ने उसको भागते हुए देख लिया। एक गोली सनसनाती हुई आई और उसके सिर के टोप को उड़ाती हुई चली गई—भाग्य से ही वह बचा। पर जब उसने इधर-उधर अपनी नजर दौड़ाई—चारों ओर से शत्रुओं की सेना को उमड़ते आते देखा। तो वह डरा नहीं, मोटर को पास की एक झाड़ी की ओर मोड़ दिया। मोटर पर गोलियों की बौछार बराबर हो रही थी—समूची मोटर छलनी हो गई, पर तब तक वह झाड़ी के निकट पहुँच चुकी थी।

नंगेसर अपने घायल सेनापति को अपने पैरों के बल घसीटता हुआ झाड़ी के एक गुप्त कुंज में जा छिपा। दुश्मनों ने पहुँचकर देखा, मोटर की धज्जियाँ उड़ गई हैं—वह किसी काम की नहीं रह गई है। तब उस झाड़ी में खोज-ढूँढ़ करने लगे। संध्या हो चुकी थी, कुछ पता न चला। मोटर वहीं छोड़ दी, क्योंकि उनकी समझ में वह एकदम ही नहीं चलाई जा सकती थी।

गोलियों की आवाज बंद और कोलाहल दूर होने पर वीर नंगेसर फिर झाड़ी से निकला, तो मोटर खड़ी देखी। कल-पुर्जों का जानकार था ही, मोटर को काम के लायक बना लिया। फिर सेनापति को उठा लाया। मोटर पर बैठाया, और सावधानी से चलाता हुआ अपने कैंप में जा पहुँचा। दोनों ही चौबीस घंटे के भूखे और जगे थे। कैंप में पहुँचते ही सेनापति को उनके स्थान पर पहुँचाकर वह अपने कंबल में लिपटकर सो गया। किंतु जब भोर में उठा, तो अपने को प्रसिद्ध पाया। कप्तान का पद, मित्रों और साथियों की बधाइयाँ, कितने ही खिताब और तमगे उसकी प्रतीक्षा में थे। फ्रांस, इंग्लैंड, अमेरिका आदि सभी देशों के सेनापतियों ने बधाइयों, खिताबों और तमगों द्वारा उसका सम्मान किया।

इसके बाद उसने हवाई-फौज में अपना नाम लिखाया। इस क्षेत्र में तो उसने गजब ढा दिया—'अद्वितीय नंगेसर' उसके दुश्मन और दोस्त, दोनों के मुँह से निकला। एक छोटे से विमान पर बैठकर ही उसने शत्रुओं के 105 बड़े-बड़े विमानों को पृथ्वी पर गिराकर चकनाचूर कर दिया था। लड़ाई के शुरू में तो उससे जर्मनीवाले इतना डर गए थे कि उन्होंने उसके सिर के लिए एक बड़ी रकम पुरस्कार देने की घोषणा की थी—यह रकम बढ़ते-बढ़ते पाँच लाख 'मार्क' (जर्मनी का सिक्का) तक पहुँच गई थी। जर्मन

युद्ध में एक आदमी के सिर के लिए इससे बड़ा एक भी इनाम घोषित नहीं किया था। जो कोई नंगेसर का सिर काट लाएगा, या उसे जिंदा पकड़ लाएगा, उसको पाँच लाख मार्क मिलेंगे—कितना बड़ा प्रलोभन था! पर अफसोस! किसी माई के लाल को यह रकम पाने का सौभाग्य प्राप्त नहीं हुआ।

जब नंगेसर को इस इनाम की बात मालूम हुई—वह डरा नहीं, सकुचाया नहीं, बल्कि दुश्मन उसे साफ पहचान लें, इसलिए उसने अपने हवाई जहाज पर, दाँत पीसते हुए मौत के सिर की एक बड़ी सी तसवीर बनवा ली, और बढ़-बढ़कर हवाई धावे करने लगा। उधर, कुछ तो इनाम के लालच से और कुछ जातीय अपमान से जलकर, जर्मनीवाले उस पर चढ़ाई-पर-चढ़ाई करने लगे। उसके एक विमान को नष्ट करने के लिए दर्जनों विमान एक साथ मिलकर धावे करते थे। यद्यपि उसने उस विमानों को नष्ट-भ्रष्ट करने में राक्षस सा काम किया था, तो भी कई बार उसके विमान की भी धज्जियाँ उड़ीं, उसे आकाश से गिरना पड़ा, किंतु, सौभाग्यवश वह जब-जब गिरा, अपनी ही फौज के बीच में, जर्मनी की सीमा में अगर एक बार भी गिरता, तो निस्संदेह आज उसकी एक भी हड्डी देखने को नहीं मिलती।

नंगेसर की वीरता की अनेक कहानियाँ हैं। वे सब कहने-सुनने में उपन्यास की कहानियों सी मालूम पड़ती हैं। इन पर जल्दी विश्वास नहीं होता, किंतु जिन्हें उसके बचपन की बात मालूम होगी, वे तो इन्हें सोलह आने सत्य समझेंगे।

नंगेसर का परिवार अपने शारीरिक बल के लिए फ्रांस में प्रसिद्ध है। उसके खानदान में बड़े-बड़े वीर, योद्धा, नाविक, वैज्ञानिक, अन्वेषक, आविष्कारक आदि हुए हैं। किंतु चाहे वे जिस किसी क्षेत्र में रहे, सबमें शारीरिक शक्ति अलौकिक थी। नंगेसर के पिता अच्छे धनिक होने पर भी भारी कुश्तीबाज, तैराक, घुड़सवार और कलाबाज थे। उसकी माता भी बड़ी बहादुर थी। बचपन से ही उन लोगों ने अपने पुत्र को वीर बनने की शिक्षा दी। यहाँ तक कि जिसमें शहर की गंदी हवा न लगे, नंगेसर का जन्म होते ही वे पेरिस छोड़कर देहात में जा बसे! फिर जब नंगेसर चलने लगा, उसे व्यायाम की शिक्षा देना आरंभ किया। बालोपयोगी सीधे-साधे व्यायाम कराकर बचपन से उसकी हड्डियाँ और पुट्ठे पुष्ट बनाए जाने लगे। पिता को उसके व्यायाम की चिंता थी, माता को उसके भोजन की। वह उसको वैसी ही चीजें खिलाती थी, जिनसे उसकी हड्डियाँ, खून और नसें स्वस्थ दशा में रहें। हिंदुस्तानी माताओं के समान सड़ी-गली-बासी मिठाइयाँ, चटपटी मसालेदार चीजें खिलाकर बच्चे को बरबाद करने की खराब आदत उसमें नहीं थी।

जब नंगेसर स्कूल में भरती हुआ, अपने स्वस्थ शरीर और मस्तिष्क के कारण अपनी क्लास में वह सदा प्रथम होता रहा। पढ़ने-लिखने में व्यस्त होकर शरीर की सुधि

भुलाने की गलती उसके माता-पिता ने उससे कभी नहीं होने दी। दस वर्ष का होने से पहले ही दौड़ने, तैरने, कुश्ती लड़ने और कसरत करने में पक्का उस्ताद समझा जाता था। ग्यारह वर्ष की उम्र में वह किताबी ज्ञान के साथ कल-पुर्जे की बनावट इंजीनियरिंग (शिल्प-विद्या) का भी अभ्यास करता था। चाहे शारीरिक या मानसिक—सभी कामों में वह अगुआ गिना जाता था। क्यों न हो, बलवान शरीर में ही बलवान मस्तिष्क रह सकता है।

अपनी जिंदगी के बारहवें वर्ष में ही वह अपने अनुपम साहस का परिचय दे चुका था। अपनी बारहवीं जन्मगाँठ के समय वह अपने पिता के एक मित्र के घर भोजन करने गया था। मित्र महाशय का एक अरबी घोड़ा था। बालक नंगेसर चुपके से अस्तबल में पहुँचकर उस पर सवार हो गया। घोड़ा बदमाश था—उसके चढ़ते ही लगा दुलत्तियाँ झाड़ने। नंगेसर गिर पड़ा। किंतु गिरकर वह रोया-चिल्लाया नहीं, निडर हो घोड़े को खोलकर मैदान में ले गया। वहाँ उस पर चढ़ने का अभ्यास करने लगा। बार-बार वह चढ़ता, बार-बार घोड़ा उसे पटकता। कई बार उसे भयानक चोट लगी। किंतु आखिर उस वीर बालक से घोड़े को हारना पड़ा। वह उसकी पीठ पर सवार होकर ही रहा—खूब दौड़ाया, पसीने-पसीने कर छोड़ा, और विजय के गर्व में फूला हुआ, उस मित्र महाशय के घर पर, घोड़े पर ही सवार आ धमका। उसका साहस देख सब लोग दाँतों उँगली दबाकर रह गए।

सोलह वर्ष की उम्र में उसने पढ़ना छोड़ा। पहले अपने देश और उसके पड़ोस के देशों की यात्रा की—कुछ पैदल, कुछ गाड़ी पर। किंतु, उसका साहसिकपन कुछ अलौकिक वीरता के काम करने को छटपटा रहा था। वह जहाज पर सवार हो अमेरिका पहुँचा। पर वहाँ के शहरों में भी उसका दिल न लगा। वह तो ऐसा स्थान खोज रहा था, जहाँ नई सभ्यता की दुर्गंध न हो—जहाँ वह जंगली लोगों की तरह शिकार खेले, घुड़सवारी करे, नाव खेवे, जंगली जानवरों का सामना करे। इसलिए वह दक्षिण अमेरिका के घोर जंगलों में जा पहुँचा। वहाँ जंगली घोड़ों को फँसाने का खतरनाक रोजगार कुछ दिनों तक बड़े शौक से किया। फिर जंगली जीवन की खूब बहार लूटकर वह शहर में आया। वहाँ इसने मोटर चलाना सीखा। थोड़े ही दिनों में वह मोटर-रेल की बाजियों में भी शामिल होने योग्य हो गया। तब उसका ध्यान विमान (हवाई जहाज) की ओर गया। इसमें भी उसने बड़ी उन्नति की। यहाँ तक कि विमानों के संबंध में उसने थोड़े ही दिनों में कई अचरज-भरे आविष्कार भी कर दिखाए। दक्षिण अमेरिका के पत्रों ने मुक्तकंठ से उसकी खूब ही प्रशंसा की। वह उच्चकोटि का विमान-चालक समझा जाने लगा।

उसके बाद वह अपने देश में लौटा। इससे पहले उसकी प्रसिद्धि फ्रांस में पहुँच चुकी थी। जनता ने बड़े प्रेम से उसका स्वागत किया। फ्रांस पहुँचकर वह अपनी

शारीरिक शक्ति की करामात दिखाने लगा। कुश्ती लड़ना, तैरना, दौड़ना—सबमें वह बाजी मारता। जिस समय फ्रांस में जर्मन युद्ध की खबर पहुँची, वह घर बैठा न रह सका। युद्ध के समय उसने जो वीरता दिखलाई, उसका आभास ऊपर मिल चुका है।

अब जरा उस विजयी युवक 'लिंडबर्ग' की बातें सुनिए। कितने लोग तो कहते हैं कि 'लिंडबर्ग' की यह विजय भाग्य का खेल है—वीरता का पुरस्कार नहीं। किंतु, लोगों का वह भ्रम है। माना कि उसका शरीर दानव सा नहीं है, न किसी विमान युद्ध में उसने अपना जौहर दिखलाया है। पर तो भी उसमें वे गुण हैं, जिनसे बड़ी-बड़ी विजय आसानी से प्राप्त हो सकती हैं। सबसे बड़ा गुण तो यह है कि वह आरोग्य शास्त्र का अनुयायी है। वह शराब और विषैले सिगार या सिगरेट नहीं पीता, चटपटे मसालेदार भोजन से दूर भागता है। चाय या कॉफी के स्थान में सदा पानी और दूध ही उसके प्रिय हैं।

जब वह चौंतीस घंटे तक आकाश में हवा से युद्ध करता हुआ अमेरिका से फ्रांस पहुँचा, तब सबसे पहली चीज, जिसकी उसने कामना की, एक गिलास दूध था। अमेरिका और यूरोप के जितने डॉक्टर उसकी देखभाल करने के लिए वहाँ इकट्ठे थे, सब चकरा गए, कहने लगे—बिना विश्राम और नींद के चौंतीस घंटे के अथक परिश्रम के बाद, एक गिलास दूध—न तो वह फ्रांस की जगतप्रसिद्ध शराब, और न कोई उत्तेजक शरबत! यह तो पागलपन है। वास्तव में डॉक्टरों को मालूम हुआ कि जैसा भीषण परिश्रम उसने किया है, उसके कारण मजबूत-से-मजबूत आदमी भी छाती की धड़कन बंद होने पर मर जा सकता था। उन लोगों ने समझाया—कड़ी मेहनत के कारण 'लिंडबर्ग' का दिमाग खराब हो गया है, अत: वे लोग कोई उत्तेजक तरल पदार्थ पीने के लिए बार-बार अनुरोध करने लगे।

वह उनकी यह जिदद् देख मुसकराया, ताजा हवा की एक लंबी साँस खींची और वहाँ आए हुए सज्जनों से हँस-हँसकर हाथ मिलाने लगा। किंतु, डॉक्टर लोग कब माननेवाले? तपाक से बोले—कोई उत्तेजक तरल पदार्थ न सही, कोई पुष्टिकर गोली ही पहले खा लीजिए। उस युवक ने उपेक्षा की हँसी हँसकर कहा—मैं दवा कभी नहीं खाता। इतना कहकर वह पीछे की ओर मुड़ा और वहाँ आए हुए सज्जनों से हँस-हँसकर हाथ मिलाने लगा। वह तो जानता था कि एक नीरोग पुरुष के लिए कड़ी-से-कड़ी मेहनत के बाद भी, थकावट दूर करने के लिए एक गिलास ताजा दूध, शुद्ध ताजी हवा और कुछ देर का विश्राम ही काफी है। यही उसने किया भी। डॉक्टर लोग उसका मुँह ताकते रह गए।

अपनी इस ऐतिहासिक यात्रा की तैयारी भी उसने विचित्र की थी। उसका विमान साधारण दर्जे का था। उस पर आडंबर का कोई सामान न था। खाने के लिए गेहूँ की

पाँच सादी चपातियाँ और पीने को एक सुराही शीतल जल। बस, यही था उसका संबल। इनमें से भी केवल डेढ़ रोटी और कुछ घूँट पानी ही उसने खाया-पीया था। किंतु उसके पास सफलता के और सभी साधन थे—अनुपम साहस, आत्मविश्वास, समय की सूझ, एक साफ दिमाग, दो तीव्र आँखें और एक सुगठित स्वस्थ शरीर। क्या इतना ही विजय के लिए काफी नहीं?

लिंडबर्ग का समय नियम के अनुसार बीतता है। वह काफी सोता है, काफी काम करता है, काफी व्यायाम करता है तथा काफी विश्राम करता है। मांस के लोथड़े उसके शरीर पर नहीं लटकते। उसका शरीर छरहरा किंतु गठीला है। वह छह फीट का ऊँचा होने से देखने में दुबला जरूर मालूम होता है, पर सोलह आने नीरोग है। बीमार किसे कहते हैं, वह जानता ही नहीं। बचपन में केवल एक बार चेचक हुई थी। बस, इसके बाद कभी सिर भी न दुखा! अब तक की जिंदगी में उसने दवा कभी नहीं खाई। वह नौजवान है—उभरी हुई जवानी है। और, 1928 तक वह पक्का ब्रह्मचारी रहा।

उसके माँ-बाप का अधिकांश समय प्रकृति की गोद में कटा है। उन्होंने अपने पुत्र को भी प्रकृति के नियमों के अनुसार ही बढ़ने दिया है। उसकी माँ आयरलैंड के एक अच्छे घराने की लड़की है। साहसिकता, व्यायाम-प्रेम और शक्ति एवं बुद्धि के कामों में कमाल दिखाने का हौसला—ये सब गुण उसकी माँ से ही उसमें आए हैं। अपने पिता के अध्यवसाय का गुण उसने प्राप्त किया है।

स्कूल में उसका जीवन साधारण विद्यार्थियों का सा रहा है। हाँ, कल-पुर्जे बनाने की कला से उसे बड़ा प्रेम था। अकेला रहना उसे बचपन से ही पसंद है। यही कारण है कि इतनी बड़ी यात्रा उसने अकेले की। वह कहता है—इस यात्रा में उसको कभी अकेलापन नहीं अखरा, न वह कभी घबराया।

बचपन में जब वह देहात में रहता था, छुट्टी मिलते ही अपने प्यारे कुत्ते के साथ अकेला जंगल में निकल जाता, कई दिन जंगल में ही बिता देता, दिन भर घूमता, रात को किसी वृक्ष के नीचे अकेला सो जाता। कुछ दिनों के बाद उसने नाव बनाना सीख लिया। फिर क्या, नाव पर चढ़कर इस झील से उस झील, इस नदी से उस नदी की सैर किया करता। किंतु, सदा अकेला या अपने किसी प्यारे पालतू जानवर के साथ।

पीछे उसे घोड़े पर चढ़ने का शौक चर्राया। उसमें भी वह गजब का पुतला निकला। फिर मोटर-साइकिल की बारी आई। उसमें भी वही हाल। तब उसका मोटर पर ध्यान गया। मोटर हाँकने के अतिरिक्त उसके एक-एक पुर्जे को खोलकर बिखेरकर, पुनः उसे दुरुस्त कर, चालू करना भी सीख लिया। अपनी चढ़ती जवानी में किसी मोटर के पुर्जे-पुर्जे को अलग कर पुनः उन्हें जोड़ देने में जितना आनंद वह अनुभव करता था, शायद ही किसी दूसरे काम में।

स्कूल की पढ़ाई समाप्त कर कॉलेज में भरती होने पर भी, उसका ध्यान पढ़ने-लिखने की ओर पूरी तरह न लग सका। वहाँ भी वह कल-पुर्जों की देख-रेख अधिक करता, पढ़ता-लिखता बहुत कम। एक दिन उसके कॉलेज के हाते में विमान उतरा। वह उसी समय अपनी माँ के पास जाकर बोला—मैं विमान चलाना सीखूँगा।

विमान चलाने की शिक्षा पाने के लिए स्कूल में उसने नाम लिखाया और थोड़े ही दिनों में विमान चलाने में बेजोड़ निकल गया। फिर वह सैनिक-विद्यालय में विमान-विभाग में भरती हुआ। वहाँ दो वर्ष तक विमान के हर एक अंग की जानकारी हासिल करता और उड़ता रहा। उस समय तक के छह वर्षों के विमान-जीवन में वह 1800 घंटे तक आकाश में रहा था। इतने घंटे आकाश में रहने के लिए साधारण विमान चलानेवाले को पंद्रह वर्ष लग जाते हैं।

विमान पर कई बार दुर्घटना का भी उसे सामना करना पड़ा है। चार बार उसका विमान बादलों में फँस गया और आसमान से छतरी के सहारे उसको नीचे कूदना पड़ा। किंतु हर दफा गठीले बदन और मजबूत पुट्ठों के कारण ही वह बाल-बाल बच सका। हाँ, दो बार उसे भयानक चोट भी लगी थी।

आज उसकी कीर्ति संसार में फैल गई है—सभ्य संसार के घर-घर में उसका नाम पहुँच गया है।

संसार ने इस साहसी का जैसा स्वागत किया, वह भी कल्पनातीत है। पेरिस से लौटकर जब वह घर आया, संसार के सभी हिस्सों से एक लाख तार, बत्तीस लाख चिट्ठियाँ और चौदह हजार भिन्न-भिन्न पदार्थों के पार्सल उसके डाकखाने में पहुँच चुके थे। रेल के तीन डिब्बों में भरकर उसकी डाक उसके पास पहुँचाई गई। दस चपरासियों के साथ एक 'मोटर बस' में लादकर उसके नाम तार उसके घर लाए गए। मोटर लारियों में दस टन पार्सल लादे गए, और उसके दरवाजे पर पहुँचाए गए। इन्हें देखकर 'लिंडबर्ग. सिर खुजलाने लगा। भला इतने पदार्थों का प्राप्ति स्वीकार वह कैसे करता? यदि क्षिप्र लेखन प्रणाली और टाइपराइटर के सहारे दो सौ पत्रों का उत्तर भी प्रतिदिन दिया करता तो केवल पत्रों का उत्तर लिखवाने में उसे पचहत्तर वर्ष लग जाते और इनमें दो-तिहाई हिस्सा शेष करते-करते वह कब्र में पहुँचा दिया जाता। किंतु 'लिंडबर्ग' यदि अपने हाथ से सभी पत्रों आदि का प्राप्ति स्वीकार ही लिखता, तो डेढ़ सौ वर्ष से कम समय न लगता। यदि उसकी डाक तले-ऊपर रखी जाती तो दस हजार फीट ऊँची हो जाती। चेंबर ऑफ कॉमर्स के पंद्रह सेक्रेटरियों ने छह हफ्ते में केवल बीस हजार चिट्ठियों की प्राप्ति की स्वीकृति मात्र दी।

पत्रों के मजमून भी विचित्र थे। इनमें अधिकांश धन्यवाद-बधाई आदि के पत्र थे। कुछ ऐसे थे जिनमें लिंडबर्ग से किसी-न-किसी प्रकार की मदद माँगी गई थी। एक

बुढ़िया ने अपने जीवन-निर्वाह के लिए रुपए माँगे थे। किसी इंजीनियर ने अपने आविष्कार को पूरा करने में सहायता चाही थी। किसी का आविष्कार आधी दूर पहुँचकर रुका हुआ है, उसे लिंडबर्ग की सहायता चाहिए। कोई बेकार बैठा हुआ है, उसे लिंडबर्ग की सहायता से नौकरी मिल सकती है। इसी प्रकार न मालूम कितने पत्र थे। प्राय: चार सौ लिंडबर्गों ने उसे अपना रिश्तेदार बतलाया था। किसी ने लिंडबर्ग पर कविता बनाई थी और किसी ने अपनी सर्वोत्तम कविता उसे समर्पित की थी।

□

बेटे हों तो ऐसे

(1948–50 ई.)

बच्चे का मातृप्रेम

जीन के चार भाई थे और बुढ़िया माँ! छोटे-छोटे बच्चे और यह अनाथ औरत! मित्रों को दया आई। वे उनकी मदद कर दिया करते।

बच्चे बड़े होते गए और मित्रों ने उन्हें काम पर लगाना शुरू किया। बच गया छोटा जीन। मित्रों की राय हुई, जीन को पढ़ाया जाए। एक बच्चा भी पढ़-लिख जाएगा, तो बुढ़िया के दिन सुख-चैन से कटेंगे।

जीन स्कूल जाने लगा। पढ़ने-लिखने में तेज निकला। तरक्की पाता, इनाम पाता। किंतु ज्यों-ज्यों ऊँचे दर्जे में पहुँचता गया, त्यों-त्यों पढ़ाई के खर्च बढ़ते गए। मित्रों की राय हुई, बुढ़िया को कुछ दिनों के लिए अनाथालय में भेज दिया जाए।

जीन को ज्योंही यह खबर मिली, वह बेचैन हो उठा। वह अपने भाइयों के पास गया, लेकिन वे बेचारे क्या करते? उन्हें इतना ही मिलता था कि अपनी जिंदगी के बोझ को ढो सकें। तब जीन ने मन-ही-मन तय किया—'नहीं, मैं माँ को अनाथालय नहीं जाने दूँगा। मैं पैसे कमाऊँगा, माँ को पालूँगा, उसने अपने कपड़े बेच दिए, इनाम में मिली हुई घड़ी बेच दी। उनके पैसों से उसने खिलौने खरीदे, परचून की छोटी-छोटी चीजें खरीदीं। इन चीजों को वह शाम-सुबह घर-घर फेरी देकर बेचता और इनसे जो पैसे आते, उनसे माँ की और अपनी परवरिश करता।

जीन की उमर उस समय क्या थी? कुल नौ बरस की। जीन के इस उद्योग की खबर उसके शहर ऑरिलेंक के लोगों को लगी, सब धन्य-धन्य कहने लगे और ज्यों ही वह सौदे लेकर फेरी पर निकलता, लोग हाथों-हाथ खरीद लेते। अब वह दोपहर में मजे से स्कूल भी जाता। सच्चे मातृप्रेम ने उसकी पढ़ाई में भी विघ्न नहीं डाला।

□

चमार का बेटा

सर शौवेल का नाम अंग्रेजी जहाजरानों में बहुत सम्मान के साथ लिया जाता है। मरने पर उसकी लाश वेस्टमिंस्टर के गिरजाघर में दफनाई गई थी, जो इंग्लैंड में बहुत बड़े सम्मान की बात समझी जाती है।

बचपन में शौवेल बहुत गरीब थे। वे एक गरीब चमार के बेटे थे। लेकिन उनका मन बचपन से ही जूते गाँठने से विद्रोह करता रहा। छोटी उम्र में ही वे घर से भागे और अंग्रेजी जंगी जहाजों के बेड़े में खलासी का काम करने लगे।

शौवेल अभी बच्चे थे, चमार के बेटे थे, खलासी का काम करते थे, तो भी, उनका ध्यान जहाजों के कल-पुर्जों को जानने और उनके चलाने की विद्या सीखने की ओर हमेशा लगा रहता था। उनके अफसर इस छोटे से लड़के पर बड़ी दिलचस्पी से निगाह रखते।

उन दिनों इंग्लैंड और फ्रांस में लड़ाई चल रही थी। शौवेल जिस जहाज पर थे, वह फ्रांस के जहाजी बेड़ों से लड़ने पर तैनात किया गया था। एक दिन शौवेल ने सुना कि जहाज के कमांडर किसी आदमी को एक जरूरी पैगाम लेकर दूसरे जहाज पर भेजना चाहते हैं। किंतु किसी में हिम्मत नहीं होती थी कि वह जाए।

शौवेल कमांडर के पास पहुँचे और बोले—''लाइए खत, मैं पहुँचा आता हूँ।'' कमांडर इस बच्चे की ओर आँखें फाड़-फाड़कर देखने लगे। बोले—''तुम किस तरह वहाँ तक जा सकोगे?''

''तैरकर!''—बच्चे ने मुँह-लगे जवाब दिया।

''लेकिन दुश्मन लगातार गोलाबारी कर रहे हैं। जान-बूझकर जान पर खतरा क्यों लोगे?''

''क्यों-यों, मैं नहीं जानता हुजूर! चिट्ठी, लाइए, पहुँचा आता हूँ।''

कमांडर बच्चे के विश्वास, बहादुरी और साहस देखकर दंग रह गए। उसके हाथ

में खत रख दिया और पीठ ठोककर विदा किया।

शौवेल ने अपने सब कपड़े उतारकर रख दिए। खत को मुँह में रख लिया और गरजते हुए समुद्र की लहरों पर कूद पड़ा। लहरों पर उतराता, हाथों के झटके से पानी काटता, कभी डुबकियाँ लेता, तीर सा आगे बढ़ा जा रहा था। उसके चारों ओर तोपें गरज रही थीं और जहाँ-तहाँ गोले लहरों पर गिरते और विस्फोट कर फटते थे। कई बार तो उसके बिलकुल करीब गोले फटे। किंतु, वह बाल-बाल बच गया। मालूम होता था, कोई ईश्वरीय ताकत या कोई जादूगरी उसकी रक्षा कर रही है।

तैरते-तैरते आखिर वह अपने लक्ष्य पर पहुँचा। उस जहाज के कप्तान को कमांडर का खत दिया और सही-सलामत वापस लौटा।

यहीं से शौवेल की तरक्की शुरू हुई। वे कप्तान से होते-होते कमांडर तक बनाए गए। उन्होंने बड़े-बड़े कारनामे किए और 'सर' की उपाधि हासिल की। अंग्रेजी जहाजरान शौवेल का नाम आज तक आदर के साथ लेते हैं।

□□□